ベリーズ文庫

離婚前夜、
怜悧な御曹司は契約妻を激愛で貫く

滝井みらん

STARTS
スターツ出版株式会社

目次

離婚前夜、怜悧な御曹司は契約妻を激愛で貫く

特別書き下ろし番外編

離婚前夜、怜悧な御曹司は契約妻を激愛で貫く

五年ぶりの再会

「そうそう、それで裕也《ゆうや》が私をナンパしてきてね」

結婚式の披露宴後に行われた二次会で、花嫁がカクテルを飲みながら花婿《はなむこ》との馴《な》れ初《そ》めを語る。

今いる場所は、赤坂《あかさか》にある高級ホテルの最上階のバー。

新郎新婦とその友人が数名集まっていて、花嫁は私の高校時代の友人。

三月下旬というのに、窓の外は雪が舞っている。

時刻は、午後十時十二分。

なぜそんなに正確な時間がわかるかというと、退屈で何度も腕時計を見ていたから。

卒業シーズンで学生のグループも結構いるせいか、普段は静かなはずのバーもなんだか賑《にぎ》やかだ。

本当は披露宴が終わったらすぐに帰るつもりだったのだけれど、花嫁である友人にどうしてもと言われて仕方なく参加。でも、二次会が始まってみんなのノリについていけず、すぐに断らなかったことを後悔した。

ああ、早く帰りたい。いつになったら解散になるのか。

明日の仕事、早番だから夜はゆっくり休みたかったんだけどな。

「寧々《ねね》も早くいい人見つけて結婚しなさいよ」

急に友人に話を振られ、苦笑いする。

「私は今は仕事に集中したいかな。それに美奈《みな》みたいに結婚に向いてないから」

すでに結婚してると言ったら、友人はきっと目を丸くするだろう。旧姓で出席しているため、私の名前が変わったことを彼女は知らない。

私は成宮《なりみや》寧々、二十三歳。結婚はしているがそれは書類上のことだけで、夫となった人と夫婦生活は送っていないし、一緒にも住んでいない。

身長は百六十五センチ、中学の時に亡くなった母がモデルだったこともあり手足は長く、目もぱっちり二重で、腰まであるダークブラウンの艶《つや》のある長い髪がトレードマーク。

だが、仕事をしている時はメガネをかけ、髪もまとめて地味に見せている。

自分の派手な顔立ちがあまり好きではないのだ。

「ええ〜、もったいない。俺、寧々ちゃんの恋人に立候補したいな」

隣に座っている新郎の友人は、二次会が始まった時からなにかと私に絡んでくる。

こんなことなら結婚式だからと着飾らないで、メガネをかけて地味にしてくればよかった。

今日はワインレッドのカクテルドレスを着て、普段しないアイメイクまでし、髪も下ろしている。仕事の時と同じ地味な格好で行こうとしたら、一緒に住んでいる弟に『結婚式に出席するのにそれはダメだよ』と注意されたのだ。

「私と付き合ってもなにもいいことないですよ。家事は一切できないですから」

本当は家事は得意だが、家庭的な女だと思われたくない。

溜《た》め息をつきたいのをこらえ、笑ってそう返したら、美奈が嬉々《きき》とした顔で私のエピソードを語りだした。

「寧々は高校時代、誰もが憧れるお嬢さまで、学園のクイーン的存在だったのよ。男子に告白されても全部断っていたわよね？」

お願いだからここで変な暴露話をしないでほしい。

高校時代はお嬢さまだったかもしれないけれど、有名音楽家だった父が亡くなって、今は慎《つつ》ましい生活をしている。

「さあ、覚えてない」

注目を集めたくなくてとぼけるが、彼女は話を続けた。

「もう、そんなこと言って。文化祭のミスコンでは毎年クイーンに選ばれてたし、学校の成績も常にトップクラスで、漫画のヒロインみたいだったんだから」

「美奈、全然そんなんじゃないから。私、そろそろ……」

この場にいるのが苦痛になってきて席を立って帰ろうとしたら、美奈に止められた。

「私と裕也は部屋に行くけど、寧々はまだゆっくりしていきなさいよ。ここは奢《おご》るから、佐藤《さとう》くんともっと飲んで楽しんで」

パチッとウィンクをして、彼女は新郎や友人たちと共にこの場を去る。

新郎の友人こと佐藤くんとボックス席に残され、戸惑いを感じた。

多分、彼と私をくっつけようとしているのだろう。

困ったな。どうすればいい？

今すぐ帰っては気を悪くするに違いないし、友人にも迷惑がかかる。

「ねえ、グラス空いたけど、なんか頼む？」

不意に佐藤くんに聞かれ、少し考えて最初に飲んだカクテルを頼んだ。

「キール・ロワイヤルをお願いします」

お酒は飲み慣れていないから、どれが美味《おい》しいのかよくわからない。

新しいカクテルが運ばれてくると、佐藤くんの話に適当に相槌《あいづち》を打ちながらグラスを口に運んだ。

このカクテルを飲み終えたら帰ろう。

そう決めるが、しばらくして酒に酔ったのか、彼がしつこく迫ってきた。

「なあ、この後俺の部屋で楽しもう。部屋を予約してあるんだ」

彼が私の太腿《ふともも》に馴れ馴れしく触れてきてビクッとする。

できるだけ素っ気なくして興味がないことをアピールしたのだが、どうやら伝わっていなかったようだ。

彼は新郎の友人。揉《も》めるわけにはいかない。落ち着け。

平手打ちしたい衝動を抑えて佐藤くんの手を払いのけようとするも、彼はさらに身体を密着させてきた。

「どうせ遊んでるんだろう？　俺なら満足させられる自信があるよ」

彼の言葉に鳥肌が立つ。

こういう時、男性経験がないからうまくあしらえない。

佐藤くんがスカートの中に手を入れてきて、なにも抵抗できずに固まっていたら、聞き覚えのある声が耳元でした。

「失礼。彼女が嫌がっているのがわかりませんか？　やめないなら警察を呼びますよ」

洗練されたテノール調のその声には、有無を言わせない響きがあった。

まさかと思うけど、あの人？

顔を上げてその声の主を見たら、やはりそれは五年ぶりに会う私の夫だった。

成宮鷹臣《たかおみ》、二十八歳。

身長百八十五センチ、少し癖《くせ》のあるアッシュブラウンの髪に、一度見たら忘れられないヘーゼルナッツ色の瞳。

モデル顔負けの美形で、女なら誰でも彼にひと目で魅了されるだろう。

彼は世界各国で三百以上ものホテルを展開しているホテルチェーン『ＮＡＲＩＭＩＹＡ』の社長。

ＮＡＲＩＭＩＹＡの本社オフィスは丸《まる》の内《うち》にあり、彼は一年の半分は本社で指揮を執《と》っていて、残りの半分は商談や視察などで国内外を飛び回っている。

ちなみに今日結婚式が行われたこのホテルも、ＮＡＲＩＭＩＹＡ系列のホテルだ。

夫だが成宮さんに会うのは三回目。きっと彼は、私のことに気づいていない。

初めて彼に会った時、私はまだ高校生だった。

成宮さんは、佐藤くんの腕を掴《つか》んでひと睨《にら》みする。

その鋭い眼光に怯《ひる》んだ佐藤くんは、「す、すみません。僕は帰ります！」と席を立ち、そそくさとここから逃げ去った。

「大丈夫ですか？」

成宮さんに声をかけられたが、あまりに動揺していて声が出ない。

嘘でしょう？　どうして彼がここに？

彼の秘書から今成宮さんはアメリカ出張中という連絡を先週もらっていたから、てっきり海外にいるかと思っていた。視察に来るなんて話は聞いていない。

ひとりだし、この時間だとプライベートで来たのだろうか。

まさかここで彼に会うなんて……。

五年ぶりの再会――。

最初に会った時より、さらに魅力的になったような気がする。

キラキラしていて目に眩《まぶ》しい。

私は出会った時から夫に片思いしている。

成宮さんは国内外を飛び回っていて忙しく、連絡はいつも彼の秘書経由。

彼からの連絡は、毎年誕生日などのお祝い事にくれる直筆のメッセージカードだけ。

この五年間、成宮さんが私に直接電話やメールをくれたことは一切なかったし、彼に会うこともなかった。

ずっと会いたかった。ずっと彼の声を聞きたかった。

その彼が目の前にいる。

どうしよう。突然すぎて、心の準備ができていない。

空中に視線を彷徨《さまよ》わせながら自問自答する。

『寧々です』と言うべき？

でも、名乗ったところで、彼となにを話していいのか。

五年も会っていない妻にいきなり話しかけられても、迷惑に思うかもしれない。

このまま他人のふりをして帰ろう。

「どこか具合でも悪いのですか？」

成宮さんが身を屈めて私の顔を覗《のぞ》き込んできたので、慌てて椅子から立ち上がった。

「だ、大丈夫です。助けてくださってありがとうございます」

バッグを持って立ち去ろうとしたが、足がもつれてバランスを崩した。

「キャッ！」

そのまま床にダイブするかと思ったら、成宮さんがすかさず私を抱きとめる。

「危ない！　まともに歩けないじゃないか。今夜はここに泊まるといい。部屋を用意させるから」

彼は目配せしてスタッフを呼び、なにか伝えた。

「いえ、大丈夫です。これ以上ご迷惑をおかけするわけにはいきません」

成宮さんの胸に手をついて離れ、自分の足で立とうとしたが、身体がふらついて反射的に椅子の背に掴まった。

カクテルを飲みすぎたかも。それに頭がなんだかぼんやりする。

「ひとりじゃ歩けないだろ？」

少し呆《あき》れたような彼の物言いにカチンときて、ついムキになって言い返した。

「歩けます。大丈夫ですから、放っておいてください」

「じゃあ、歩いてみせてくれないか？」

彼に挑発されて椅子の背から手を離して歩こうとしたが、やはりよろけてしまい、

「あっ！」と声をあげた。

今度こそ無様に転ぶと思ったのだけれど、またしても成宮さんに助けられ、今、彼の腕の中。

「結構強情だな、君は。素直に今日は泊まっていきなさい」

フッと面白《おもしろ》そうに目を光らせる成宮さんに文句を言いたいが、この状況では分が悪い。

唇を噛《か》んで黙り込む私を、彼は突然抱き上げた。

「ちょっ……なにを！」

驚いて目を丸くする私に構わず、彼はスタスタと歩きだす。

「部屋に運ぶだけだ」

「こんなの恥ずかしい」

降ろしてもらいたくて手足をバタバタさせたら、彼に怒られた。

「こら暴れるな、落とすだろ？　そんな立てなくなるまで酔っ払う君が悪い」

「だって……」

お酒なんか飲み慣れていない。学生の時、飲み会の誘いは全部断っていたし、就職してからも決して羽目を外さなかった。

「だってなんだ？　俺が現れなかったらさっきの男に襲われてた」

「そんなことありません。平手打ちして撃退しました」

彼が言うことが正しかったが認めたくなかった。

「俺が助けるまで震えてたのは誰だっけ？」

意地悪な言い方をされ、ツンとそっぽを向く。

「そんなの知りません！」

ああ、今日に限ってなんで私はこんなに怒りっぽいんだろう。

これじゃまるで子供じゃないの。

自分でもみっともないとわかっているのに、ついつい反抗的な態度をとってしまう。

多分酔っているせいだ。それにこの五年近く、彼から一度も連絡をもらえなかったことにムカついているせいもある。

彼は私の恩人だし、金銭面ですごくお世話になっているから面と向かって文句が言えないだけにイライラした。

きっと彼は離婚の手続きだって秘書経由で済ますだろう。

私たちの結婚に愛はない。

五年間結婚する代わりに、成宮さんが私に金銭的な援助をする——いわゆる契約結婚。

彼にとって私は妻ではなく、自分の地位を得るための道具。

でも、私にとって彼は恩人であり、憧れの人であり……人としても異性としてもすごく特別な人。

「お嬢さん、しっかり掴まっているように」

成宮さんは私にそう命じると、ホテルの従業員からカードキーを受け取り、客室に向かう。

彼に抱きかかえられて連れてこられたのは、一泊何十万円もする一番豪華なスイートルーム。

そんなことを知っているのは、私がこのホテルで働いているから。

成宮さんは客室のドアを開けると、私をベッドルームまで運んだ。

「今夜はここでぐっすり休むといい」

ポンと私の頭を軽く撫《な》でて出ていこうとする彼を引き止めたくて強く言い返した。

「こんな広い部屋、私にはもったいなくて使えません！」

五年前もそうだったけど、彼は今も私を子供扱い。

一応妻なのに気づきもしない。

この状況なら口説く男はたくさんいる。だけど、彼は私を誘わない。

この人にとって、私はそんなに魅力がないのか。

離婚される前にたった一度でもいいから彼に抱かれたかった。

「費用の心配はしなくていいよ」

彼のクールな物言いにますますイラッとする。

「費用の問題じゃないわ。ここでひとりで寝るのが嫌なの！」

成宮さんを見据えて喧嘩腰《けんかごし》に言ったら、彼は微《かす》かに目を見開いた。

「勘違いだったらすまない。ひょっとして俺を誘っているのか？」

そんなストレートに聞かないでほしい。

急に自分の発言が恥ずかしくなって、彼から視線を逸《そ》らした。

「なんでもないです。助けていただいてありがとうございました。ありがたく泊まらせていただきます」

馬鹿なことを言ってしまった。

彼と顔を合わせるのはこれが最後かもしれない。もし、偶然会うことがあっても、その時はきっと他人になってる。

彼のことがすごく……すごく好きなのに……。

私の思いは彼には届かないし、伝えることもないのだ。一生――。

ぶっきら棒に返して早く出ていってもらおうと思ったのだが、彼は私の顎《あご》を掴んで目を合わせてきた。

「なんでもなくない。そんな悲しそうな声で言われたら気になる。覚悟はできているのか？」

愚問だ。契約結婚だけど、この五年近く誰とも付き合わなかった。

身も心も彼に捧げるつもりで婚姻届にサインしたのだ。

「そんなのとっくにできてるわ！」

成宮さんをキッと睨みつけて返事をしたら、彼が小さく笑って唇になにか柔らかいものが触れた。

え？　私……成宮さんにキスされている！

「成……！　あ……んん！」

つい名前を呼びそうになってハッとしたら、すぐに彼の舌が口内に入ってきて頭が真っ白になった。

成宮さんはキスを深めながら私が着ていたワインレッドのドレスを、ジッパーに手をかけてあっという間に脱がす。

「黒のレースの下着なんてエロいな。最初から誰か男を誘うつもりだったのか？」

下着姿の私を見てフッと笑う彼に、赤面しながら否定した。

「ち、違う」

「やめるなら今のうちだぞ」

成宮さんは自分がしていた腕時計を外してベッドサイドのテーブルに置き、私の意思を確認する。

「なんで時計を外すんですか？」

彼の行動が気になって尋ねたら、甘い声で返された。

「時計で君の肌を傷つけたくないから」

彼の説明を聞いてなにも考えずに「なるほど」と呟《つぶや》いたら、クスッと笑われた。

「一見男慣れした女性に見えるのに、中身は真面目な優等生だな」

全部彼に見透かされているような気がした。

男性経験が私にはない。

「わ、笑わないでください。私も時計外します」

自分の腕時計のベルトに手をかけたが、動揺しているせいかなかなか外れない。

力任せに外そうとしたら、彼に腕を掴まれた。

「焦りすぎだ。それに俺の楽しみを取るなよ」

楽しげに言って成宮さんは私の腕時計を外してサイドテーブルに置くと、私の手首にゆっくりと口づけた。

私を見つめるその目があまりにもセクシーでドキッとする。

まさに大人の男性。

ボーッと見惚《みと》れている私に、彼が笑ってつっこんだ。

「手首だけで感じたのか？」

「感じてませ……あぁん！」

ムッとして言い返そうとしたら、彼が私の首筋に唇を這《は》わせてきて言葉にならなかった。

成宮さんは、ブラのホックを外して私の胸を露《あら》わにする。

「あっ！」ととっさに声をあげて手で胸を隠そうとすると、彼に両腕を掴まれた。

「なんで綺麗なのに隠す？」

薄暗い部屋の中で、彼の目がキラリと光る。

「……恥ずかしい」

胸はBカップでそんなに大きくない。

自信がなくて弱々しい声で答える私にチュッとキスをすると、彼は私をベッドに押し倒した。

「大丈夫だ。そのうち恥ずかしいなんて思わなくなる」

彼は自分の服を脱ぎ捨て、私の胸を揉み上げてきた。

今まで誰にも触れられたことがない身体を成宮さんが我が物顔で愛撫《あいぶ》する。

「あぁ……ん！」

「かわいい声だ。感じやすいんだな」

時折言葉で攻めながら、彼は私の胸の先端を舐《な》め回した。

驚くと同時に甘い疼《うず》きが私を襲う。

なんなのこれ？　彼が触れたところがすごく熱い。

「うっ……ああん！」

彼が私の胸を吸い上げてきて、その快感に身悶《みもだ》えした。

だが、それで終わりではない。

成宮さんは私の脇腹やお腹を撫で回し、身体を下の方に移動させ、太腿に唇を這わせながらショーツを取り去った。

あまりに素早い動きで止めることもできなかった。

一糸もまとわぬ姿を彼に見られてまた恥ずかしさが込み上げてくる。

足の付け根に彼が触れてきて、たまらず声をあげた。

「待って！　そんなところ……」

そんな私の反応を見て成宮さんは優しく声をかける。

「大丈夫。怖くない」

心臓がいまだかつてないくらいバクバクいっている。

「無理……心臓がおかしくなりそう」

「かわいいこと言うな。いいから俺に任せて」

成宮さんは私にまた口づけながら足の付け根を愛撫した。

「あぁ……んん！」

あまりの快感に喘《あえ》ぎ声が止まらない。

「ホント、いい反応をする。最後までしたいところだが、避妊具もないし今日はこれで終わりにし……！」

愛撫をやめようとする彼の身体に手足を巻きつけて懇願した。

「いい！　ピルを飲んでるから平気です。だからやめないで」

私の発言が意外だったのか、成宮さんは一瞬動きを止めたが、「純情なんだか、小悪魔なんだかわからないな」と言って身体を重ねてきた。

「うっ！」

破瓜《はか》の痛みに思わず息を止める。

初めてがこんなに痛いなんて想像していなかった。

「やっぱり初めてなのか？」

私の顔をまじまじと見て問いかける彼に、痛みをこらえながら言った。

「い、いいから続けて！」

ここでやめられたら惨《みじ》めなだけ。子供扱いされたくない。

もう私は二十歳を過ぎた大人だ。

「できるだけ優しくする。ゆっくり息を吐いて」

包み込むように抱きしめられたと思ったら、成宮さんが慎重に私の中に入ってきた。

ようやくひとつになれた。

「大丈夫か？」

彼が気遣わしげに私の顔を覗き込んできたので、小さく頷《うなず》いてみせた。

「大丈夫」

多分、相手が彼じゃなかったら途中でやめていたかもしれない。

私の中に彼がいる。

不思議な感覚。

彼と肌を重ねていると、心も繋《つな》がったような気がした。

それに、この安心感はなに？

抱きしめられて、心がとてもあったかくなって、なんだか夢を見ているみたい。

とっても幸せな夢——。

この温もりに包まれていたい。ずっと……。
成宮さんに触れていたくてぎゅっと抱きつくと、彼がゆっくりと私に口づける。
なんだか本当に彼に愛されているみたいだ。
甘く乱され、もう夢か現《うつつ》かわからない。
夢なら覚めないで。
彼以外はなにも望まないから……。
慈《いつく》しむように抱かれて、そのまま優しい眠りに誘われた。

サーッとシャワーの音が聞こえる。
弟がシャワーでも浴びているのだろうか？
でも、なんでそんな音が聞こえるの？　私の部屋にバスルームはないのに……。
ハッと目が覚めて飛び起きたら、キングサイズのベッドにひとりで寝ていた。
ここは……ホテルの部屋。
床には、私の服や成宮さんの服が散乱している。
私は……裸だ。
それを見て、昨夜彼に抱かれたのは夢ではなかったと知る。

下腹部がなんとなく痛い。

シャワーの音がするのは、成宮さんが隣のバスルームでシャワーを浴びているからだろう。

「嘘《うそ》……でしょう?」

ショックのあまり青ざめる私。

酔っていたとはいえ馬鹿なことをしてしまった。

あと一週間したら離婚することが決まってる相手と寝るなんて、なにをやっているのよ。

幸い成宮さんは私のことに気づいていない。なかったことにすればいい。

そうと決まればここから早く出ないと。

バスルームの方に注意を向けながら床に落ちた下着を身につけ、ドレスを着る。

焦っているせいでいつもより時間がかかった。

ああ、もう落ち着くのよ。

自分を叱咤《しった》し、混乱した頭で次になにをするか考える。

息を乱しながらサイドテーブルにあった時計を掴み、バッグを探した。

「どこに置いたっけ?」

心臓がバクバクする。

寝室を探し回ってようやくバッグを見つけ、急いで部屋を出てエレベーターホールまで走った。

エレベーターのボタンを押すが、なかなか来なくて焦りを感じずにはいられない。

「あ〜、もう早く来て」

彼が探しに来たら?と考えると気が気じゃなかった。

ボタンを連打してようやく来たエレベーターに乗り込むと、壁にもたれかかりフーッと息を吐く。

時計を腕につけて確認したら、時刻は七時三分。

ホテルを出てすぐにタクシーに乗り込み、麻布《あざぶ》にある自宅マンションに帰る。

鍵を開けて入ると、玄関前に三つ下の弟の鈴木《すずき》拓海《たくみ》が腕を組んで立っていた。

サラサラの黒髪、鋭角的な顔立ちで、背も高く、女の子にモテる。都内の有名国立大学に通っていて頭もよく、姉思いで自慢の弟だ。

「朝帰りするなんて聞いてないけど。昨日何度も連絡したのに、どうして電話に出なかったの?」

スマホを見ていなくて全然気づかなかった。

今まで朝帰りなんてしたことなかったから相当心配したのだろう。玄関で待ってるんだもの。

「ごめん。カクテルを飲みすぎて歩けなくなっちゃって、ホテルの人が部屋を用意してくれたの」

嘘は言っていないが、成宮さんと一緒にいたことは話さなかった。

言えばいろいろ聞かれるだろう。

伏し目がちに謝る私の肩に、拓海はポンと手を置いた。

「とりあえずなにもなくてよかった。俺はこれから大学行くけど大丈夫？」

「うん。本当にごめん。シャワー浴びてくる」

もう一度謝ると、バスルームに行ってシャワーを浴びた。

落ち着け。成宮さんにとっては、昨夜のことなんてきっと些細《ささい》なこと。

あれだけセクシーな人なんだからいろんな誘いがあるはず。

私もその中のひとりに過ぎない。何日かすれば私のことなんて忘れる。

だけど、そう割り切ろうとすると、胸がチクンと痛んだ。

それは、きっと私が彼に思いを寄せているから――。

あれは五年前のこと。

高校の卒業式の一週間前に、父が交通事故に遭った。

警察の話では父が運転していた車はかなりスピードを出していたのか、ガードレールを乗り越えて崖に転落したらしい。

病院に駆けつけると父は手術を受けていて、なんとか一命は取り留めたが、医師に『もう意識が戻ることはないでしょう』と言われた。

内臓破裂、脳挫傷《のうざしょう》に急性硬膜下血腫《こうまくかけっしゅ》。命は助かっても父は遷延性《せんえんせい》意識障害、いわゆる植物状態で寝たきり。母はすでに他界し、頼れる親戚もいない。

父は有名な音楽家でそれなりの預金があるかと思ったけれど、実際は借金まみれで家の退去を迫られていた。

父が事故に遭うまで贅沢《ぜいたく》な暮らしをしていたから、そんな状況だなんて全然知らなかった。

私は高校三年、弟は中学三年で途方に暮れた日々。

父は治療が必要でまだまだお金がかかる。弟だって進学させたい。

どうしたら父の医療費を払い、弟を養っていける？

父の病院からの帰り、歩道橋の上でじっと道路を行き交う車を眺めながら考えた。

苦しくて、つらくて、何度も何度も悩んで……。

もうかれこれここに二時間以上いる。

夕日は沈んですっかり辺りは暗くなってしまった。

それでも解決策は見つからない。

ああ、どうすればいい？

今までバイトもしたことがない私がお金を稼ぐ方法はあまりない。

新聞配達、スーパーのレジ打ち、コンビニのバイト……。どんなに頑張って働いても月収三十万円にもならないだろう。

父の病室の費用だけで一日二万円飛んでいく。全然足りない。

今、私が死ねば、多額の保険金がおりる。そしたら弟の拓海は大学まで行けるのだ。

〝悩むな。飛び降りろ〟と、悪魔の囁《ささや》きが聞こえた。

この歩道橋から飛び降りれば、車に轢《ひ》かれて死ぬだろう。

もう夜遅いから止める人もいないはず。

怖いとは思わなかった。弟のためなら喜んで死ねる。

手すりに手と足をかけて飛び降りようとしたその時、誰かに強く引っ張られた。

『やめろ！』

若い男性の声がしたかと思ったら、次の瞬間地面に転がっていた。
『痛い！　どうして邪魔するの！』
顔をしかめながら上体を起こし、その男性を睨みつけた。
それが、成宮さんとの出会い。
月明かりに照らされた彼の顔はとても美しくて、現実にいる人とは思えなかった。
『放っておけるわけがないだろ。まだそんなに若いのに死に急ぐな』
私の肩に手を置いて嗜《たしな》める彼の手を払いながら言い返した。
『あなたには関係ないわ。さっさと行って！』
『俺がいなくなったら飛び降りるだろう？』
『だから、あなたには関係ない。これしか方法がないのよ！』
なぜ他人が私に構うの。
泣き叫びながら立ち上がる私に、成宮さんはこの上なく優しい声で言った。
『そんなことない。馬鹿な真似はやめるんだ。家族が悲しむ』
『家族……』
彼に言われて弟の顔が浮かんだ。
『命はひとつしかない。大事にしろ』

彼の言葉が私の胸に響いた。

その後、成宮さんに事情を聞かれ、父の事故のことや弟のこと、それにうちがお金に困っていることも話した。

『いいか。自殺したって生命保険の保険金はそう簡単にはもらえない』

彼は、学校の先生のような口調で私に説教した。

『え？　自殺じゃもらえないんですか？』

『そう。自殺が死因の場合は基本そうだ。だから、安易に自殺なんて考えるなよ』

彼の話に脱力し、へなへなと地面にくずおれる私。

知らなかった。自殺すれば、保険金がおりて家族が救われると思ってた。

私って本当に馬鹿だ。

あまりにも自分が愚かで涙が出てくる。ぎゅっと唇を噛んで涙をこらえていたら、彼がしゃがみ込んで私の肩にそっと手を置いた。

『そうひとりで抱え込むな。これもなにかの縁だ。俺が援助しよう』

赤の他人を援助するなんて、そんなお人好し……この世にいるわけない。私を落ち着かせるために気休めで言っているのだろう。

もうこうなったら身体を売るしかない。

『いえ、知らない人に援助してもらうわけにはいかないです。自分でなんとかします。助けていただいてありがとうございました』

彼が気を悪くしないよう丁重に断った。

『なんとかって……まさか風俗とかじゃないだろうな？』

彼に図星を指されてギクッとするも、なるべく表情を変えずに微妙に答えをはぐらかした。

『大丈夫です。もう死ぬなんて考えませんから』

家族のためなら自分はどうなってもいい。

そんな私の気持ちを読んだのか、彼は険しい表情で諭す。

『その顔、やっぱり自分の身体を売るつもりだな。まだ高校生だろ？』

彼は私のブレザーの制服にチラッと目を向けた。

『それは、今月いっぱいまでです』

『どうしてそう破滅的な道を選ぶ？　いいから俺の援助を受けろ』

『だから、知らない人から援助を受けるわけにはいきません！』

素直にうんと言わない私に、彼はある提案をした。

『それなら知らない人でなければいいんだな？　俺と書類上の結婚をする気はない

か?』

『書類上の結婚?』

首を傾《かし》げて聞き返したら、彼は自分の事情を私に話した。

『うちの一族がホテルを経営していて、結婚しないと社長のポストが手に入らないんだ。だが、今結婚したい相手はいないし、仕事が忙しくて恋人を作る余裕もない。形だけでも結婚しておけば、会社を叔父《おじ》に取られずに済む。君が俺と結婚してくれると助かるんだが』

社長のポストが欲しいということは、かなり地位が高い人なのだろう。

容姿も綺麗だけど、彼からは普通の人にはないオーラを感じる。

『それって一生ですか?』

『期間は五年でいい。その代わり、お父さんの入院費、君や弟の生活費、学費は俺が面倒を見る。君はまだ若い。離婚後のことも考えて、契約事項に婚姻期間中は会わず、身体の関係も持たないと明記しよう。その方が安心だろう? もちろん決めるのは君だ。契約結婚しなくても俺は援助する』

彼の話を聞いていてとても誠実な人だと思った。

だって、援助する代わりに身体を要求する人だっている。

五年の契約結婚……か。

私に恋人はいないし、今は家族のことで頭がいっぱいで結婚なんて考えられない。

それに、今の家庭事情では結婚してくれる相手もいないだろう。

契約結婚してもなんら困りはしない。むしろ、それで家族が路頭に迷わずに済むなら、私にとってはとてもありがたい話と言える。彼だって社長のポストが手に入る。

双方が助かるのだから、断る理由はない。

彼に騙されているとは思わなかった。

初めて会った人だけれど、この人は信頼できる……と、私の本能が告げている。

『わかりました。あなたと結婚します』

少し考えてその話を受けたが、迷いはなかった。結婚に理想なんて抱いていないから戸籍にバツがつくくらいなんでもない。

『契約成立だ。自己紹介がまだだったな。俺は成宮鷹臣』

彼が私に手を差し出したのでその手を握って握手したが、その時身体にビリビリと電流が走ったような感じがした。

『す、鈴木寧々です』

少しビックリしながら自分の名前を口にする私に、彼が優しい目で微笑《ほほえ》んだ。

『寧々か。いい名前だな』

彼のその笑顔がとても眩しくて……思わず見入ってしまった。

世の中には、こんな素敵な人がいるんだ。

誰も頼れなかった私に手を差し伸べてくれた成宮さんは、私のヒーロー。

真っ暗だった人生に明るい光が見えた。

彼は父親とも周りにいる同級生の男の子とも違う大人の男性。

優しくて、カッコよくて、包容力がある。

おこがましいとは思ったけれど、彼に憧れを抱かずにはいられなかった。

いくら援助を受けられても私のこれからの人生はとても大変なものになるから、精神的な支えが必要だったのかもしれない。


その数日後、婚姻届に署名、捺印《なついん》し、私は成宮寧々となった。

結婚指輪も結婚式もない。

でも、たった一日で名前が変わるなんて、婚姻届ってすごい。

まるで他人事のようにそう思った。

婚姻届を役所に提出した後は、成宮さんに高級フレンチをご馳走《ちそう》になった。

それは私には夢のような時間だった。会話の半分は私の生活のことだったけれど、時折彼が海外の面白いエピソードを話してくれた。

『フランスの日本料理店に行ってざるそばを頼んだら、麺《めん》つゆの代わりになぜか焼き肉のたれが出てきた』

その時の彼を想像したら、なんだかおかしくなってしまった。

『焼き肉のたれでそばは食べたくないですね』

『そうそう。そんな風に笑っていた方がいい』

彼に指摘されるまで、自分が笑っていたことに気づかなかった。

父の入院のことでずっと塞《ふさ》ぎ込んでいて、笑い方も忘れていたのだ。

彼といるだけでなんだか幸せで、この時間が永遠に続けばいいと思った。

人って一瞬で恋に落ちるのだと実感した日——。

入籍した次の日には、弟とともに成宮さんが用意してくれたマンションに引っ越した。契約結婚のことは、私と成宮さんの他には彼の秘書と弟しか知らない。

それから、成宮さんに会うことはなかったが、彼の秘書に近況を尋ねたら、私との結婚後に無事に社長に就任したということだった。

その後、成宮さんからなんの連絡もない日々が続いた。年に一、二回彼の直筆のメッセージカードが届いたけれど、【誕生日おめでとう】といったお決まりの文句が書かれていただけで、寂しさを覚えた。本当に結婚したのか自分でも半信半疑で、夢じゃないかって何度思ったか。

でも、私の二十歳の誕生日に、彼はメッセージカードとともにあるプレゼントをくれた。それは、一カラットはありそうな一粒ダイヤのネックレス。成宮さんの秘書が、自宅に届けてくれた。私好みのシンプルなデザインで、一目見て気に入った。

メッセージカードには、【今日から大人になる妻へ】と書かれていた。

甘いメッセージ。まるで彼に直接言われているみたい。

それを見て、また明日から頑張れると思えた。

そのネックレスは私の大事な宝物で、それ以降いつも身につけている。元気になれるお守りだ。彼がくれたメッセージカードも大切にとってある。

シャワーを浴びながら首元に手をやり、ハッとした。

「ネックレスが……ない」

嘘でしょう？　どこで落とした？

披露宴の会場では確かにつけていた。バーでもつけていたような気がする。

だったら成宮さんと泊まった部屋だろうか？

まったく記憶がない。後で出勤したら確認しよう。

落ち着け。ここで動揺してはいけない。

成宮さんは今日、ホテルを視察していくだろう。だとしたら、フロントにも顔を出すはず。前回彼が来た時は、そうだったのだ。

その時は成宮さんの秘書に彼の来訪を事前に知らされていて、遅いシフトにしてもらっていた。でも、今日は避けられない。急に休めば同僚にも迷惑がかかる。

成宮さんが顔を出すなら、気を強く持たないと一夜を共にした女が私だとバレてしまう。しっかりしろ！

バチンと自分の頬を叩き、気合を入れる。

シャワーを浴び終えて身支度を整えると、鏡をじっと見た。

まとめ髪に伊達《だて》メガネ。化粧は薄く、アイラインは引かない。

清潔感はあるが地味な女。これが私の出勤姿。

ホテルで働くと決めてから、ずっとこの姿で勤務している。

昨日はメガネを外して髪を下ろしていたから、ホテルのスタッフは誰も私だと気づかなかった。

成宮さんが今の私に会っても、ぱっと見なら昨夜寝た女と同一人物とは思わないし、契約上の妻とも気づかないだろう。

「大丈夫。これならごまかせる」

そう自分を安心させ、急いで出勤した。

フロント係の早番のシフトは、午前九時から十八時まで。大学を卒業後にNARIMIYAで働き始めて、もうすぐ一年が経とうとしている。

更衣室で制服に着替えてフロントに行くと、ボブカットの女性が私に気づいて挨拶した。

「鈴木さん、おはよう。いつも早いのに今日はギリギリだね」

彼女は、私の親友で同期の竹内《たけうち》小春《こはる》。小柄で顔はかわいく、性格もいい。

接客業なので、勤務中はお互い名字で呼び合っている。

「今日はちょっと寝坊しちゃったの」

私は旧姓の鈴木で仕事をしている。成宮ではいろいろ不都合があるからだ。

ハハッと笑ってごまかし、宿泊客の対応をしていたら、予想通り支配人が成宮さんを連れてやってきた。

成宮さんの隣にいるのは、秘書の和久井《わくい》慶《けい》さん。和久井さんは年は三十歳で、独身。センター分けの短髪にメガネをかけている彼は、成宮さんと同じくらい背が高く、顔もイケメンだ。

和久井さんは頭脳明晰《めいせき》で抜け目がなく、成宮さんの腹心というか懐刀。成宮さんからの連絡はすべて彼が行っていて、私の相談にも乗ってくれる。兄のように優しく接してくれるので、私もついつい和久井さんには甘えてしまうのだが、彼を通して会えない夫の姿を見ているのかもしれない。だって、和久井さんは常に成宮さんのそばにいる。

私が成宮さんに思いを寄せていることは伝えていないけれど、多分和久井さんにはバレているだろう。なぜなら、私がなにかの折に触れて成宮さんのことを尋ねると、彼はニコニコ笑顔で仕事の様子を話してくれて、おまけに【食事中の鷹臣さまです】とか【視察中の鷹臣さまです】とかいうメッセージと一緒に、成宮さんの画像をＬＩＮＥで送ってくれるから。

就職の世話をしてくれたのは和久井さんで、成宮さんにはそのことを内緒にしてもらっている。ここを選んだのは、少しでも成宮さんの役に立ちたかったし、彼との繋がりが欲しかったからだ。

業務に集中しようとするが、成宮さんの姿がどうしても視界に入ってくる。彼の様子が気になって仕事になかなか集中できなかった。

客の対応を終えた私は、和久井さんに目配せをして、奥の事務所に来るよう合図を送った。彼が事務所に来ると、声を潜めて文句を言った。

「ちょっと和久井さん、成宮さんが来るなんて聞いてませんよ」

普段は丸の内のオフィスにいるのに……。来るなら来ると前もって知らせてほしかった。知ってたら事前にシフトを変えてもらっただろう。

「すみません。急に鷹臣さまがここに泊まりたいと言い出しまして。ですが、そろそろ寧々さまがここで働いていると、オープンにしてもいいんじゃないですか？」

彼の言葉にひどく動揺した。

「ダメです！　成宮さんに変に気を使わせたくないんです。もうすぐ私と彼の契約は終わります。とにかく、絶対に成宮さんには言わないでください」

和久井さんの両腕を掴んで必死にお願いしたら、彼は溜め息交じりに返した。

「私からは言いませんが、すぐにバレると思いますよ」

「わかっています」

成宮さんは、頭が切れるからなにかと鋭い。いずれ知られてしまうと思うが、今日バレるのだけは避けなければ。

ただでさえ昨夜のことがあって顔を合わせられない。

和久井さんとは別々にフロントに戻ると、支配人と一緒にいた成宮さんがスタッフに軽く挨拶した。

「みなさん、今日もお客さまに満足していただけるよう頑張ってください」

彼はスタッフひとりひとりに目を向けるが、その時間が私には苦行だった。

成宮さんと目が合って、動揺せずにはいられない。

目を逸らしてはダメだ。不審に思われる。

じっと耐えていたら、彼が支配人に目を向けたので胸を撫で下ろした。

こういう時、旧姓が鈴木でよかったと思う。珍しい名字だったらごまかせない。

だが、ホッとしたのも束の間、成宮さんが近づいてきて私の名札に触れた。

「鈴木さん、名札が曲がってる」

ドッドッドッドッと心臓の鼓動が激しい。

思わず息を止めて成宮さんを見たら、彼は私に顔を近づけて悪魔のように微笑んだ。

「今は成宮のはずだが。後で昨日の部屋に来るように」

彼の言葉を聞いて、一気に血の気が引いた。

離婚しないってどういうこと？


『今は成宮のはずだが。後で昨日の部屋に来るように』

成宮さんの言葉が頭から離れない。

彼は私をひと目見て自分の妻だということも、昨日一夜を過ごした相手だということもわかっていた。私は成宮さんを甘く見ていたのかもしれない。

ひょっとしたら、昨日バーで会った時から私に気づいていたのではないだろうか。

途中から会話も敬語ではなかったような気がする。

でも、待って。それなら私とわかっていて寝たというの？

もうすぐ離婚する相手よ。

ああ～、よくわからない。彼はいったいなにを考えて私と寝たのだろう。

成宮さんは、支配人と一緒にどこかに消えてしまった。

このまま部屋に行かず、彼から逃げる方法はない？

「……さん、鈴木さん」

小春さんに声をかけられ、ハッと我に返る。

「あっ、なに？」

聞き返す私の肩に手を置き、彼女は心配そうに見つめてくる。今、周囲にお客さまはいなかった。

「寧々さん、顔色が悪いよ。大丈夫？　早退した方がいいんじゃない？」

早退できるならしたいが、ここから逃げても成宮さんは私の家を知っている。

「大丈夫。昨日お酒を飲みすぎたせいだから。ありがとう」

ニコッと笑って返したら、彼女は少し安堵《あんど》した顔で私の肩を軽く叩《たた》いた。

「そう。無理しないでね。もしかして社長見て緊張しちゃった？　美形だし、オーラもすごいもんね」

親友である彼女にも成宮さんとの結婚のことは内緒にしていて、胸が少し痛んだ。

「確かにかなり緊張したかも。変な汗いっぱいかいちゃったわ」

実際、冷や汗たらたらだったし、罪悪感に苛《さいな》まれて寿命がかなり短くなった気がする。

私の返答を聞いて、小春さんがクスッと笑った。

「寧々さんて所作が綺麗で、見た目は有能なホテルウーマンなのに、なんかかわいい」

彼女の発言にギョッとしてすぐに否定するが、言葉がつっかえた。

「ぜ、全然かわいくないわよ」

「寧々って名前もかわいいよね」

柔らかく微笑む彼女を見ているとほっこりする。

「小春って名前の方がかわいいわよ。小春さんに合ってる」

「ありがとう。ねえ……社長の秘書の方と顔見知りみたいだけど、親戚かなにか？」

遠慮がちに尋ねる彼女に平静を装って答えた。

「遠い親戚なんだけど、いろいろお世話になっているの」

夫の秘書とは言えない。

「そうなのね。あの秘書の人も素敵だな。穏やかで優しそう」

確かに和久井さんも顔が整っているし、柔和な雰囲気で、かなりモテるだろう。

「実際、すごく優しいわよ。怒ってるところは見たことないもの。彼女がいるかどうかわからないけど、紹介しようか？」

私の言葉に小春さんは慌てた。

「し、紹介なんてしなくていいよ。私にとっては高嶺《たかね》の花だもん」

「人生なにが起こるかわからないわよ。小春さんにひと目惚《めぼ》れするかもしれないし」

現に私も歩道橋で成宮さんに出会い、形式上ではあるけれど彼と結婚した。

そんな雑談をしていたら、和久井さんが現れた。

「鈴木さん、ちょっといいですか？」

「あっ……はい」

ついにお迎えが来てしまった。

「そちらは？」

和久井さんがチラッと小春さんに目を向けたので、いいタイミングとばかりに紹介した。

「私の同期の竹内小春さんです。とても気立てがよくて優しいんですよ」

小春さんが狼狽《うろた》えながら〝やめて〟と言わんばかりに私の制服の袖を掴む。

そんなやり取りに気づいた和久井さんは、温かい目で微笑んだ。

「いい同僚がいて安心しました。では、鈴木さん行きましょうか」

「ちょっと外すわね」

小春さんにひと言告げてフロントを離れ、和久井さんと昨夜泊まったスイートルームに重い足取りで向かう。

きっと和久井さんも昨夜成宮さんと私になにがあったか知っているに違いない。

「顔が強張ってますすよ」

私を気遣ってそんな言葉をかける彼に、本音を打ち明けた。

「今からギロチン台に向かう気分なんです。ここからパッと消えることができればいいんですけど」

時間を戻せるものなら戻したい。それか、成宮さんの記憶を消したい。

「消えられては困ります」

優しく微笑む彼に、心から謝った。

「和久井さんにもご迷惑をおかけしてしまってすみません。成宮さんに絞られませんでした?」

多分、芋ずる式に和久井さんが私に仕事を紹介したことも成宮さんに知られたはず。

そのことを考えて胸が痛くなった。

部下が自分への報告なしに妻の就職を世話したのだ。普通なら怒るだろう。

「私のことを気にされるなんて、本当に寧々さまはお優しいですね」

いや、本当に優しかったら巻き込まない。

「もし給料とかカットされたら、私がその分働いて返します」

休日返上で働く覚悟で言うと、和久井さんは「大丈夫ですよ。鷹臣さまはそんな暴君ではありませんから」とクスッと笑った。

あっという間にスイートルームに着き、和久井さんがドアを開けて「どうぞ」と促す。部屋に入ると、昨夜の出来事が脳裏に浮かんできて、顔がカーッと熱くなった。

成宮さんにこの部屋で抱かれたのだ。

今さら後悔しても遅いけど、本当に馬鹿なことをしてしまった。

ハーッと盛大な溜め息をついてリビングに向かったら、成宮さんがノートパソコンを広げて仕事をしていた。

そこにいるだけで絵になる男。

ついつい見惚れてしまうが、これからのことを考えて心臓の鼓動が速くなる。

もう気がおかしくなりそうだ。

「鷹臣さま、お連れしましたよ」

和久井さんの言葉に反応して成宮さんが顔を上げる。ビクビクしながら成宮さんの近くに突っ立っていたら、彼は向かい側のソファを指差した。

「寧々、そこに座って」

「はい」

部下の如《ごと》く返事をしてソファに座るが、生きた心地がしない。

「まずどうしてうちのホテルで働いてるのか説明してもらおうか」

成宮さんはノートパソコンを脇に置き、長い足を組んで私を見据えた。

その表情は、辣腕《らつわん》な経営者そのもの。

「父の看病で就職活動ができませんでした。それで、和久井さんにここで雇ってもらえないかとお願いしました。私が無理を言ったんです。和久井さんは悪くありません」

万が一バレた時のことを考えて用意していた答えを口にする。

なんとか和久井さんは守りたかった。

「寧々、責めてるわけじゃない」

成宮さんは穏やかな口調で言って、話を続けた。

「確かに就職活動は難しかったかもしれないが、大学を優秀な成績で卒業した寧々なら自分が本当にやりたい仕事に就けたんじゃないか？」

学校の成績は、和久井さん経由で知っているのだろう。

大学の費用も成宮さんが出してくれたから、勉強はすごく頑張った。

「そんなことありません。それに、やりたい仕事なんてありませんでした」

父が事故に遭う前は学者になるのが夢だったけれど、大学院に進むなんて贅沢は望めなかった。成宮さんに話したらきっと遠慮せず院にも行けと言われたかもしれないが、これ以上甘えるわけにはいかないと思って諦めたのだ。

私が認めないので成宮さんは質問を変えてきた。

「俺に恩を返そうとしたんだろ？」

「いいえ。違います。あのう、私クビですか？」

今後の生活を考えて確認したら、彼は難色を示した。

「クビというか続けるのは難しいな。社長の妻がいたら周囲のスタッフも気を使う。だから、旧姓で仕事をしていたんじゃないのか？」

それもあるけれど、一番の理由は、成宮さんにここで仕事をしていることを隠したかったから。それに、もうすぐ私は鈴木姓に戻る。成宮の名前で働いていては、面倒が増えるだけだと思った。

「でも、あと一週間で私との契約が終わります」

今、職を失うのはつらい。この仕事が好きだし、大学生の弟だっているのだ。

「その話だが、離婚はしないことにした」

彼の話に驚きを隠せなかった。

「え？」

離婚しないってどういうこと？

「和久井、ちょっと外してくれるか？」

成宮さんが和久井さんに目を向けると、彼は「はい」と返事をして姿を消す。

ついにふたりきりになってしまった。

和久井さんを下がらせたということは、昨夜の話をするのだろう。

急に胸が苦しくなってきて、圧迫感を覚える。

「心細そうな顔をしている。和久井がいないと不安か？」

成宮さんがフッと微笑しながら聞いてきたが、彼の質問はスルーして自分の疑問をぶつけた。

「離婚しない理由がわかりません。説明してください」

「昨夜俺は君を抱いた。一度関係を持った以上、もう他人には戻れない。契約不履行の場合、婚姻は継続するというのを忘れたか？」

そういえば、私たちが交わした契約書にそんな条項があったっけ。

婚姻期間中は会わず、身体の関係も持たないという契約を破った責任を取るために、彼は離婚しないと言っているのだろう。

「ま、真面目すぎません？　普通、一回抱いただけで結婚する男の人なんていませんよ。そんなの気にしなくても大丈夫です。それに、ピルを飲んでいるので、子どもができる心配もありませんよ」

誘ったのは私だし、男女の一線を越えたなんて当人同士しか知らないこと。成宮さんに責任を感じてもらいたくはない。

「これは大事な話だ。俺は遊びで寧々を抱いてはいない」

自分の行動にしっかりと責任を持つ。いかにも成宮さんらしい。

私は、今後のことなんて一切考えなかった。

女として成宮さんに抱かれたい……それしか頭になかった。

やっぱり彼は、バーで会った時から私に気づいていたのだろう。

「どうして初対面のふりをしたんですか？」

理由を聞いたら、彼は少し自虐的に答えた。

「あと一週間で契約が終わるから、あまり親しくならない方がいいと思った。結局、寧々の魅力に負けて手を出してしまったが」

「魅力なんてありません」

彼にとっては私なんてまだまだ子供だ。

「バーで男に口説かれてたくせに。もともと美人だったが、この五年で綺麗になりすぎだ」

変な言いがかりをつけられて、ムッとした。

「成宮さんに言われたくない。そっちこそいい男のフェロモンだだ漏れです。女性もたくさん寄ってきたでしょう?」

彼が他の女たちに囲まれているところを想像すると、なんだか胸がムカムカする。

「寧々と結婚してから誰ともベッドを共にしていない」

彼の告白が信じられず、つい本音を口にしてしまう。

「嘘……」

「本当。寧々の大事な時間を奪っているんだ。他の女と遊ぶなんて無責任な真似はしない」

成宮さんが微かに微笑み、私の頬に手を添えて口づけた。

昨夜も何度キスされただろう。彼のキスはとても気持ちよくて、夢見心地になる。

それに、一気に彼との距離が縮まった気がするのだ。

「成宮さ……ん」

名前を呼んだら、彼はキスをやめて蕩《とろ》けるような甘い声で訂正した。

「鷹臣だ。愛《いと》しの奥さん」

面白そうに目を光らせて私を見つめる彼。

やっぱり経験値の差だろうか。彼に完全に主導権を握られている。

「こ、心にもないこと言わないでください。そういう甘いセリフ、誰にでも言ってますよね？」

赤面しながら文句を言うと、彼はクスッと声を出して笑った。

「心外だな。俺ってそんな女たらしに見えるのか？」

「少なくとも真面目な修行僧には見えませんよ」

じっとりと鷹臣さんを見たら、彼は楽しそうに笑った。

「ずっと一心不乱に働いてきて、それに近い生活してたけどな。まあいい。後で父に会いに行く。俺の嫁に会いたがってるんだ。今まで理由をつけて断ってきたが、父を安心させてやりたい」

「お義父《とう》さまが？」

彼から家族の話を聞くのは初めてだ。

「実は父は末期ガンでもう長くは生きられない」

彼の父親が入院しているのは噂《うわさ》で聞いていたけれど、末期ガンだったなんて。

彼が若くして社長になったのは野心家だからだと勝手に決めつけていたが、父親の病気のことがあったからなのだと思う。

鷹臣さんが離婚しないと言い出したのも、関係を持ったための契約不履行というのは建前で、同じ理由に違いない。

私たちが今離婚すれば、病気のお義父さまにショックを与えてしまう。彼はそれを案じているのだ。

私が彼と夫婦でいられるのも、きっとお義父さまがお元気なうちだけ。

「それはつらいですね」

「もう覚悟はできている。それにしても、昨日アメリカ出張から帰国して、そのまま和久井にこのホテルに連れてこられたんだが、まさかうちのホテルで寧々が働いているとは思わなかったよ」

少し呆れた口調で彼が言うものだから、しゅんとして謝った。

「……ごめんなさい」

つまり和久井さんが、私を鷹臣さんに会わせようとしたのか。

「父に会う前にその有能な事務員みたいな格好をどうにかしないとな」

鷹臣さんは立ち上がってこちらへ来ると、私のメガネを外し、髪も解いた。

「俺はこっちの方が好きだ。あとこれは忘れ物」

スーツのポケットからなにかを取り出して、鷹臣さんは私の首につける。

それは、私がなくしたネックレスだった。

彼が見つけてくれたのか。

「あっ、ありがとうございます」

ネックレスに触れながら礼を言ったら、彼は私の目を見て微笑した。

「つけてくれて嬉《うれ》しいよ。今まで直接連絡を取らなくて悪かった。寧々のお父さんが亡くなった時も駆けつけてやれなかった」

父は、私が大学四年の時に一度も意識を取り戻すことなく亡くなった。

「そんなこと……。あの時、鷹臣さんは海外にいたのに、葬儀とか全部手配してくれたじゃないですか」

彼は私の夫である前にＮＡＲＩＭＩＹＡの社長。寝る時間もないくらい忙しいのは理解している。それに、夫といっても書類上だけの関係。結婚している間は会わないという取り決めもしていたから、彼がいなくても気にしなかった。

ううん、正確には、鷹臣さんのことは考えないようにしていた。

「今でも後悔している。もっと力をつけたいって思ったよ。俺の立場が強固なものだったら、どこからでも駆けつけてやれたんだがな」

鷹臣さんは自嘲《じちょう》するように言って私をそっと抱きしめる。

会わないって契約を破ってでも、彼は駆けつけようとした。そのことを知って、胸が温かいもので満たされる。

私のこと……気にしてくれてたんだ。

こんなことを思うのは不謹慎かもしれないが、彼の言葉が嬉しかった。

「鷹臣さんのお陰で、私は今も生きていますよ」

彼の背中に腕を回して励ますように言った。

鷹臣さんは、ずっとひとりで戦ってきたんじゃないだろうか。

私は父や弟を支えるので精一杯だったけど、彼はもっと多くのものを背負っている。

この結婚がいつまで続くかわからないが、彼を支えたいと思った。

それに、鷹臣さんが好きだから、たとえ偽りの夫婦であってもそばにいたい。

彼に離婚を切り出されるその日まで——。


「この病院なんですか？」

車がよく知った病院の前で停まり、目を大きく見開きながら横にいる鷹臣さんに目をやった。

鷹臣さんに車に乗せられて彼の父親が入院している病院にやってきたのだが、そこは私の父がいたのと同じ病院だったのだ。

「ああ。六年前から入退院を繰り返していて、寧々に会ったのも父の見舞いの帰りだったんだ」

彼の話を聞いて胸が痛んだ。

「全然知りませんでした。ごめんなさい」

私は、本当に自分のことしか見えてなかった。ううん、見ようともしなかった。

自分が世界一不幸だって決めつけていたのだ。

「和久井にも口止めしてたからな。俺のことであまり心配をかけたくなかった」

「お義父さまの病気で大変だったのに、私のことまで背負わせてしまって……」

自己嫌悪に陥る私の額を鷹臣さんがツンとつつく。

「こら、そんな暗い顔するな。親父も変に思うだろ？　寧々は笑っていればいい。美人を見れば、気分も明るくなる」

ニヤリとする彼に真顔で返した。

「だから、私は美人なんかじゃありませんよ。顔のつくりが派手なだけです」

「自己評価低すぎだ。和久井もそう思うだろ？」

鷹臣さんが助手席にいる和久井さんに声をかけると、彼は私の方を振り返って微笑んだ。

「ええ。初めてお会いした時は、あまりにお綺麗でビックリしましたよ」

「和久井さんまでやめてください」

顔を赤くしながら抗議したら、和久井さんは楽しげに私をいじる。

「本当のことを申し上げただけですよ。ところで鷹臣さま、お見舞いの前にこちらを」

和久井さんは、鷹臣さんに桐箱を手渡した。

「ああ。悪いな」

「なにが入っているんですか？」

桐箱に目を向けたら、鷹臣さんは箱を開けて私に見せた。

箱の中にあったのは、結婚指輪。

「寧々、左手」

言われるまま「はい」と左手を出すと、彼が小さい方の指輪を私の薬指にはめた。

「サイズ……ピッタリ」

驚く私を見て、彼は悪戯《いたずら》っぽく目を光らせた。

「指が細かったから勘で小さいのを選んだんだが、サイズが合ってよかった。じゃあ、俺のもはめてくれないか？」

結婚式でもないのになんだか緊張する。

男性用の指輪を箱から取り出し、鷹臣さんの左手の薬指にはめた。

こんな風に彼の手に触れるのもドキドキしてしまう。

私より大きくて指が長い。

指だけ見てても素敵に思えてしまうのは、やっぱり彼を好きだからかもしれない。

昨夜彼に抱かれて、より一層鷹臣さんのことが好きになった。

正確には、憧れが本当の好きに変わったのかも。

彼と離婚しても、私は彼を思い続けるだろう。

「すごく真剣な顔だな」

鷹臣さんにクスッと笑われ、しどろもどろになりながら言い訳する。

「だ、だって人に指輪はめることなんて……今までなかったから」

「そうだな。考えてみたら俺も初体験だった。それじゃあ、行こうか、奥さん」

鷹臣さんは私の左手を掴んで私の結婚指輪にチュッと口づけると、セクシーに微笑んだ。

この人、生きてるだけでも罪作りなのに、そんな笑顔を私に向けないでほしい。

本当に彼に愛されているんじゃないかって思ってしまう。

勘違いしてはいけない。

この指輪は、夫婦を演じるための小道具のようなものだ。いずれ返す日がくる。

彼と昨夜身体を重ねても、決して思いが通じ合ったわけではない。

愛してるなんて言われていないし、結婚の契約だって多分一時的に延びただけ。

彼が私を抱いたのだって深い意味はない。

ずっと女を抱いていなかったから、気まぐれに抱いただけのこと。

そう。なにも期待するな。

私と家族の生活を支えてくれただけで充分。これ以上望むのは、贅沢というものだ。

「はい」

自分にそう言い聞かせ、鷹臣さんと車を降りて、病院に向かう。

私の父が入院していたから病院内はよく知っているが、彼の父親の病室は私が足を踏み入れたことのない病棟にあった。

ナースステーションに近い個室で、周りに他の病室はない。

ドアの前でアルコール消毒をして、鷹臣さんがノックすると、「はい」と若い女性の声がしてドアが開いた。

二十畳くらいの広さで、応接セットやベッドが置かれた、一見ホテルかと思うような豪華な病室。

「鷹臣くん、いらっしゃい。待ってたのよ」

出迎えてくれた三十代くらいのセミロングの髪の女性が、鷹臣さんを見てぎゅっと抱きつく。突然のことで呆気《あっけ》に取られていたら、鷹臣さんが私にちらっと目をやり、その女性の背中をトンと叩いた。

「百合《ゆり》さん、妻がビックリしてる」

「まあ、ごめんなさい！　私ったらいつもの癖で。お嫁さん、とても綺麗ね」

女性は慌てた様子で抱擁《ほうよう》を解いて、私に目を向ける。

彼女は、鷹臣さんのお姉さまだろうか？　背は私より低く、かわいい系の美人。

奥のベッドには、五十代くらいの男性がいる。白髪頭で身体はやせ細っていたが、その顔は鷹臣さんになんとなく似ていてハンサムだ。

「まあね。俺も奥さんは綺麗だって思うよ」

鷹臣さんが愛おしげに私を見てそんなことを口にするものだから、カーッと顔の熱が急上昇した。

「ちょっと……鷹臣さん、やめて」

赤面しながら注意するが、彼は平然として言い返した。

「だって、本当のことだろ？　寧々、彼女は俺の義母の百合さん。百合さん、妻の寧々だよ」

え？　鷹臣さんの義理のお母さん？

彼の紹介に一瞬固まった。そんな私に百合さんが親しげに話しかけてきた。

「義母って聞いてビックリするわよね。私、三十五歳で、鷹臣くんのお父さんと二十歳年が離れているの。私の母が住み込みで成宮家で働いていたから、鷹臣くんとは姉弟のように一緒に育ってね。二十二歳で結婚したのよ」

「そうなんですね。寧々です。よろしくお願いします」

頭を下げて挨拶する私の手を掴んで、彼女は奥のベッドで寝ている男性のもとへ連れていく。

「さあ、こっちへ来て。龍臣《たつおみ》さん、首を長ーくして待っていたんだから」

「綺麗な子だな。和久井が見せてくれた写真は本物だったか。鷹臣の父の龍臣です。ようやく会えて嬉しいよ。鷹臣がなかなか会わせてくれなかったから、嫁なんていないんじゃないかと思ってた」

ベッドの男性が私を見て穏やかに微笑んだ。

結婚して五年も会いに来ないんだから、そう思われても仕方がない。

鷹臣さんの話では、彼の家族は私と彼が別居状態であったことも、契約結婚をしていることも知らないらしい。私は父の看病や弟の世話があるから病院や実家にいることが多いと、うまくごまかしていたそうだ。

それに結婚した時、私はまだ高校生だったから、家族や親族に会わせたくなかったというのもあるだろう。結婚が社長になる条件だったとはいえ、相手が高校生となれば周囲はあまりいい顔をしないに決まってる。

「寧々です。よろしくお願いします。ご挨拶が遅れて本当に申し訳ありません」

深々と頭を下げる私を鷹臣さんがかばった。

「俺も仕事で国内外を飛び回って忙しかったし、寧々もお父さんが入院していて大変だったんだ」

「ああ。亡くなったと和久井から聞いたよ。つらかったね」

私のことを気遣うお義父さまにニコッと笑ってみせた。

「もう大丈夫です。鷹臣さんや弟が私を支えてくれましたから」

「亡くなったお父さまのこともあって結婚式も挙げてないんでしょう？」

百合さんに聞かれ、曖昧《あいまい》に笑ってごまかした。

「ええ。まあ」

契約結婚だから式を挙げなかったとは言えない。

「鷹臣くん、ちゃんとしなきゃダメよ。ウェディングドレスを着るのは女の子の夢よ」

百合さんに注意され、鷹臣さんは私の手を握って彼女に言い返した。

「ちゃんと考えてるから心配しなくていい」

彼に握られた手が熱い。

「それにしても、こんな綺麗な子とどうやって出会ったの？」

「五年前にこの病院の近くの歩道橋でね。俺がひと目惚れして声をかけた」

さすが鷹臣さん。事実の中に嘘をうまく織り交ぜている。

「鷹臣くんがひと目惚れなんてね。結婚なんかしないって言ってたのに、人って変わるのね」

百合さんがからかうと、鷹臣さんは私を見つめて言った。

「まあ運命の出会いってやつだよ」

運命の出会い……か。確かに私にとってはそうだった。

でも、鷹臣さんにとっては違うように思う。

困っている女の子を気まぐれに助けた——きっとその程度のこと。

あの時、私がすんなり援助の申し出を受けていれば、契約結婚なんてしなかっただろう。わざわざ高校生だった私を選ばなくても、お金持ちの彼ならもっと社長夫人に相応しい相手を簡単に探せたはずだ。

「美男美女でお似合いよ。きっとふたりの子供はかわいいでしょうね」

百合さんが子供の話題を口にすると、お義父さまもフッと笑って相槌を打った。

「そうだな。早く孫の顔が見たいな」

私と鷹臣さんがベッドを共にすることはもうないと思う。

昨日はたまたま魔が差しただけ。それに、本当に愛されて結婚した妻ではない。

どう返答したらいいのか。

困惑する私を見て、鷹臣さんがふたりにやんわりと釘《くぎ》を刺した。

「ふたりとも変なプレッシャーかけないでくれないか。寧々が困るだろ？」

「そうね。つい嬉しくて。ごめんなさいね」

申し訳なさそうに謝る百合さんに、にこやかに返した。

「いいえ。気にしないでください」

「私も悪かった。ふたりが幸せならそれでいい。成宮家の他の者も似たようなことを言うだろうが、聞き流してくれるか？」

少し反省した様子で謝罪するお義父さまの目を見て、コクッと頷いた。

「はい。お気遣いありがとうございます」

その後、しばらく談笑して病室を後にする。急に黙り込む私を見て変に思ったのか、エレベーターに乗ると、鷹臣さんが気遣わしげな視線を向けてきた。

「元気がないが……具合でも悪いのか?」

「私って馬鹿だなって思って」

自嘲するように笑ったら、彼が怪訝《けげん》な顔をした。

「どうしてだ?」

「よくよく考えてみたら、鷹臣さんは私と契約結婚しなくても、いずれ素敵な女性と結婚できたはずですよね。私……鷹臣さんを縛ってる。私が素直に援助を受けていれば、結婚なんて交換条件持ち出さなくてよかったのに」

罪悪感を抱かずにはいられない。

私の言葉を彼は笑って否定した。

「縛ってるのは俺だろ? 寧々と結婚したお陰で社長になれた。すごく助かってるよ」

「そんな気休めの言葉なんていりません!」

思わず声をあげる私の頬に彼が手を添えた。

「気休めなんかじゃない。俺の父はずっと闘病中で、成宮家では叔父と従兄《いとこ》が実権を握ろうと機会をうかがっている。この五年そいつらを抑え込むことができたのは、寧々と結婚したことで俺が仕事に集中できたからだ」

「本当に？」

「ああ。寧々と出会わなかったら、契約結婚の相手を探すのに手間取っただろうな。俺の周囲にいる女は、みんな欲深かったから信用できなかったんだ。大きな秘密を抱える以上、そんな女と契約なんてできない」

辟易《へきえき》した様子で言う彼を見て、その言葉に嘘はないと思った。

「私でも役に立てたんですね」

彼にもメリットがあったのなら嬉しい。

鷹臣さんを見て笑ったら、「とってもね」と彼が微笑み返して、私に顔を近づけて口づけた。

ここがエレベーターの中とか頭になかった。彼が私の唇を甘噛みしてきて、身体の力が抜けそうになる。

ぎゅっと鷹臣さんの腕を掴んでキスに応えていたら、エレベーターの扉が開いた。

彼が残念そうにキスを終わらせ、苦笑いする。

「寧々のキスは中毒性があるな。一度味を覚えたら、またしたくなる」

彼と一緒に住む

「ごめんなさい！　いつもはこんなんじゃないんです。今朝は慌てていて。どうぞ上がってください」

病院の後、うちのマンションにやってきた鷹臣さんと和久井さんに声をかけて、玄関前に散らばっているスリッパを整える。

時刻は、午後六時過ぎ。

鷹臣さんが弟に挨拶したいと言うのでうちに連れてきた。

「今朝は慌ててて……ね。想像つくな」

私を見てニヤつく鷹臣さん。その顔を見て、墓穴を掘ったと後悔する。

彼は今朝ホテルの部屋から逃げ出した私をからかっているのだ。

「弟はもうそろそろ帰ってくるかと思います」

鷹臣さんの言葉は聞こえなかったふりをして、ふたりをリビングに通し、黒革のソファの前に案内する。

「適当に座っててください。コーヒーかなにか淹《い》れますね」

この部屋は結婚してすぐに鷹臣さんが用意してくれた、麻布でも有名な高級マンションで、間取りは３ＬＤＫ。二十階で眺めもよく、とても気に入っている。

黒革のソファはイタリア製で、昔私の家で使っていたものだ。

キッチンへ移動してお湯を沸かしていると、ソファに腰かけた鷹臣さんが私に確認する。

「寧々、拓海くんは俺たちの結婚についてどこまで知ってる？」

「全部話しました。ごまかしてもすぐにバレるので」

鷹臣さんとのことは出会いから経済援助の経緯まで、全部弟に伝えた。

下手すると鷹臣さんの印象が悪くなる可能性があったからだ。

この結婚、事情を知らなければ、鷹臣さんがお金で私を買ったように見える。

当初は無条件で鷹臣さんが援助しようとしたことを弟に知ってもらいたかった。

「わかった。会ったら一発殴られる覚悟もしてたんだけどな」

「そんなこと絶対にありません。私たちが今普通に生活できているのは鷹臣さんのお陰なんですから」

「だが、弟なら姉の幸せを願うものじゃないか？　俺との結婚で寧々は恋をする自由を奪われたんだから憎まれて当然だ」

あなたに憧れていて他の男には目がいかなかったと言ったら、どういう反応をするだろう？

だが、言わない。私が夫に恋をしていることは絶対に秘密だ。

「鷹臣さんに出会ってなかったら、私は今頃お墓に入っていましたよ。これからは鷹臣さんや和久井さんに恩を返していきますから」

淹れたコーヒーを出しながら私の決意を話すと、ふたりは神妙な面持ちで顔を見合わせた。

「寧々の律儀《りちぎ》すぎるその性格、どうにかしないとな」

鷹臣さんの言葉に和久井さんがうんうん頷く。

「本当ですね」

「いくら感謝しても足りないですよ」

私が笑ってそう言い張ったら、鷹臣さんは今度はやれやれといった顔で頭を振った。

「感謝なんていいから、俺としては寧々にもっと大学生活を楽しんでもらいたかったな。卒業旅行の準備金だって用意したのに、全然使わなかったじゃないか」

和久井さん経由でお金をもらったけれど、そのまま返した。学費だって援助してもらっていたのに、卒業旅行で散財できるわけがない。

「父が亡くなって、そういう気分じゃなかったんです」

鷹臣さんが納得するような言い訳を口にするも、彼は渋い顔をする。

「お父さんが亡くなったのは、寧々が大学四年の夏だったじゃないか」

契約上の妻の父親のことなのに、彼がよく覚えているので驚いた。でも、優しい鷹臣さんらしい。

「とにかく興味なかったんです。ほら、コーヒー冷めますよ」

なんとか話を逸らそうとコーヒーを勧めたら、玄関のドアが開く音がした。

「あっ、弟が帰ってきました」

これでふたりに小言を言われずに済む。

ホッとしながら玄関へ行くと、弟が玄関に並んでいる男物の革靴を見て怪訝な顔をしていた。

「ただいま。誰が来てるの？」

「成宮さんと和久井さん。拓海に挨拶したいらしくて」

そう説明したら、弟は「俺に？」と言って少し意外そうな顔をした。

拓海は一度だけ和久井さんには会ったことがあるが、鷹臣さんに会うのは初めてだ。

弟を連れてリビングに戻ると、ふたりが立ち上がった。

「拓海くんだね。初めまして。成宮鷹臣です」

鷹臣さんが手を差し出して挨拶したら、拓海はその手を両手でしっかりと握った。

「鈴木拓海です。ずっとお会いしたいと思っていました。僕たち家族を援助してくださってありがとうございます。お金は働いて返していきますから」

「そんな必要はない。君が立派な青年に育ってくれて嬉しいよ」

にこやかに微笑む鷹臣さんを拓海はじっと見つめる。

「成宮さんがわざわざいらしたのは、契約終了の手続きのためですか？」

弟が離婚と口にしなかったのは、私と鷹臣さんの婚姻をただの契約だと思っているからだろう。

「鷹臣でいい。義弟なんだし。契約のことだが、俺と寧々は離婚しないことにした」

鷹臣さんの話を聞いて、拓海は私をチラッと見た。

「そうなんですね。姉が納得しているなら、僕はなにも言うことはありません」

「本当に？　俺は寧々の大事な青春時代を奪った男だよ」

「鷹臣さんの援助を受けて進学している時点で文句を言える立場じゃないです。それに、なにもできなかった自分に一番ムカついてますから」

悔しそうに強く唇を噛む弟の肩に鷹臣さんがポンと手を置いた。

「利用できるものは義兄でもなんでも利用して強くなれ。綺麗事だけじゃ大事なものは守れない」

「鷹臣さん……」

少し驚いた顔をする拓海に、鷹臣さんは優しく微笑んだ。

「さあて、辛気《しんき》臭い話はそのくらいにして、寧々の話を聞かせてくれないか。お姉さんのことをもっと知りたいんだ」

「え？　ちょっとやめてください。恥ずかしい」

止めようとしたら、和久井さんも笑みを浮かべて鷹臣さんに同意した。

「それは私も伺いたいですね」

「それじゃあ、今朝の話からしましょうか。今まで外泊なんてしたことなかった姉が、今日初めて朝帰り……！」

嬉々とした顔で話をする弟をキッと睨んで注意した。

「拓海！」

「どうして止める？　興味深い話じゃないか。俺はもっと聞きたいな。答え合わせができて面白い」

楽しげに目を光らせる鷹臣さんの言葉に拓海が首を傾げる。

「答え合わせ？」

「昨夜寧々と一緒にいたのは俺だから。歩けないほど泥酔してたんだよ」

鷹臣さんの話を聞いて、拓海が納得した様子で頷いた。

「そうだったんですね。一緒にいた相手が鷹臣さんで安心しました。ホント、しっかりしてるように見えて危なっかしいんですよね」

「ああ、わかります」

和久井さんまで面白がって相槌を打つものだから、拳《こぶし》を握りしめて叫んだ。

「もうみんなやめてください！」


その後も夕食を食べながら三人にいじられ、顔から火が出そうだった。

食事が終わって鷹臣さんと和久井さんを玄関まで見送ろうと、「では、おやすみなさい」と笑顔で声をかけたら、鷹臣さんにつっこまれた。

「おいおい、寧々も俺と一緒に帰るんだ」

「え？　鷹臣さんの家に？　でも、今まで別々に生活してたじゃないですか？」

ビックリして反論する私に彼は顔を近づけ、声を潜めた。

「状況が変わった。それに、成宮家の者につけられている。多分、叔父か従兄の部下だろう」

つまり彼の叔父や従兄は、私たちの結婚を疑っているということか。

でも、弟のことが心配だ。

「あの、ちょっと待ってください。拓海、ひとりで大丈夫？」

後ろにいた弟を振り返って確認すると、少し呆れが混じった笑顔で返された。

「もう子供じゃないんだよ。俺は大丈夫だから、鷹臣さんのところに行きなよ」

「そう？　わかった」

少し戸惑いながら拓海の目を見て頷き、数日分の着替えを準備しようとしたら、鷹臣さんに止められた。

「着替えは和久井に頼んで用意してもらったから大丈夫だ。それに、いつでも取りに来れる。じゃあ拓海くん、また近いうちに食事しよう」

鷹臣さんは弟に軽く別れの挨拶をし、私の手を引いて玄関を出る。

和久井さんと三人でエレベーターに乗るが、一階には下りずになぜか最上階へ。

「まさか同じマンションだったんですか？」

驚いて声をあげる私の目を見て、鷹臣さんは「ああ」と短く答える。

エレベーターを降りるとすぐ向かい側にドアがあって、彼は一緒についてきた和久井さんに声をかけた。

「今日はもういい。ご苦労だった」

「明朝お迎えに参ります」

和久井さんは恭《うやうや》しく頭を下げると、エレベーターに乗ってこの場を去る。

「さあ、どうぞ、奥さま」

ドアを開けて私に入るよう促す鷹臣さん。

考えてみたら、男性の家に上がるのは初めてだ。

「お邪魔します」と言って入ったら早速、ダメ出しされた。

「そこは〝ただいま〟だろ?」

「無茶言わないでください。初めて入るんですから。それにしても同じマンションに住んでいたなんて全然知りませんでした」

本当に私は彼のことをなにも知らない。

「寧々が弟と暮らしていても同じマンションなら言い訳もできるし、なにかあった時にすぐに対応できる。まあ、結婚期間は寧々に会わないという契約だったから、日本にいる時はうちの会員制のホテルで寝泊まりしていて、ここに帰るのもかなり久しぶりだがな」

靴を脱いで上がると、家の中を案内された。

間取りは5LDKで、リビングは三十畳ほどもあるし、ゲストルームやシアタールームもあって、その豪華さにただただ驚く。

同じマンションだけど、やはりペントハウスは違う。

「部屋、綺麗に片付いてますけど、誰か掃除に来てたんですか？」

普段家事をしている私としてはその点が気になって尋ねたら、彼は淡々とした口調で返した。

「本宅のお手伝いさんに頼んであるんだ。必要な時に食料も補充してくれる」

「本宅のお手伝いさんが？　あの、本宅ってどちらにあるんですか？」

今日鷹臣さんと一緒にいて見えてきた成宮家の存在。

結婚って個人ではなく家との結びつきなんだって改めて実感する。

「目白《めじろ》だ。明日の夜は本宅でじいさんたちと食事することになってるから」

「じいさんって会長ですよね？　門前払いされたらどうしよう。五年近く挨拶もしてないのに」

会長のお顔は何度か拝見したことがある。

もう八十歳を超えているのに精力的に仕事をされていて、NARIMIYAでは絶対的な存在。白髪交じりだが、背は高くスラッとしていて若々しい。

会長は、私が成宮家の嫁として相応しいか品定めしたいのだろう。

「じいさんが寧々を連れてこいと言ったからその心配はない。ずっと挨拶に行けなかった理由についても、じいさんには寧々は植物状態の父親を抱えて大変だったし、弟の世話もあって時間が取れなかったと説明してある。ちょっと食事に行くって軽い気持ちでいればいいさ」

他人事だと思って気楽に言わないでほしい。

「そんな図太い神経してません」

ムスッとして言い返す私を、彼は腕を組んでじっと見据えた。

「そうかな？　昨夜俺と一夜を共にしたのに、朝になったら初対面って顔で平然とフロント業務してなかったか？」

「あ〜、もうその話はしないで。心臓バクバクで死にそうでした。ご、ごめんなさい」

半ばパニックになりながら謝ったら、彼はニヤリとして私の背中を叩いた。

「後悔しても遅い。シャワーでも浴びてきたらどうだ？　今日は疲れただろう？」

彼の労いの言葉を聞いて、どっと疲労が押し寄せてきた。

しかし、ここでシャワーを浴びるのも緊張する。

「うちで浴びてくればよかったかも」

そんな本音を呟く私を、彼が壁際に追い込んで釘を刺した。

「まだ勘違いしてるな。今日からここが寧々の家だ」

「そ、そんな早く切り替えられないですよ」

目と鼻の先に彼の顔があって、緊張で声がうわずる。

「そのうち慣れる」

フッと笑う彼に、「でも……」と言いかけてやめた。

「でも、なんだ？」

鷹臣さんが聞き返したが、彼の顔が正視できなくて頭を振る。

「なんでもないです。シャワーお借りします」

慣れる頃には多分離婚する……なんて言えなかった。

きっと鷹臣さんにとってはさほど大した問題ではないに違いない。

離婚しても彼は私のことを覚えていてくれるだろうか。

鷹臣さんから離れてバスルームに行こうとするが、彼は私を腕の中に閉じ込めた。

「寧々のなんでもないって言葉は信用できない。なにを言おうとしてた？」

「……こんな豪華な家、一生慣れないって」

身を屈めて目を合わせてくる彼にとっさにそう言ってごまかしたら、鼻をカブッと噛まれた。

「嘘つき」

「ちょっ……なにするんですか！」

鼻を押さえて抗議したら、鷹臣さんが破壊力抜群の笑顔で言った。

「夫婦間のスキンシップだ」

「鼻を噛むのがスキンシップだなんて初耳です」

「そんなクレームつけるなら、後で本当のスキンシップをじっくり教えるよ」

彼の言葉で昨夜のことを思い出し、身体がゾクゾクッとした。

「結構です！」

思い切り鷹臣さんの腕を押しのけてバスルームに行く。脱衣所の籠《かご》に新品のパジャマやバスタオルなどが置かれていて驚いた。

ずいぶんと用意がいい。昨日までは私がここに住む予定なんてなかったのにね。

シャワーを浴び終えてリビングへ戻ると、部屋着に着替えた彼がソファに座ってお酒を飲んでいた。

その姿が素敵で声をかけるのをためらっていたら、鷹臣さんが私に気づいた。

「パジャマ、サイズぴったりだな」

彼に見つめられると、どうしていいかわからなくなる。

「ありがとうございます。あの、私はゲストルームで寝ますね。おやすみなさい」

所在なく挨拶する私を、彼は呆れ顔で見た。

「この家の女主人がゲストルームで寝てどうする？　当然俺と同じ寝室だ」

彼の言葉を聞いて、一瞬頭が真っ白になる。

「え？　それはまずいんじゃないですか？」

私が不要になったらそのうち離婚するのだから、別々の部屋で寝るものと思っていた。

「夫と妻が同じ寝室でなにがまずい？　それに、ゲストルームを使ったら本宅の者が変に思う」

鷹臣さんの言い分もわかる。夫婦生活を疑われれば、彼の立場にも影響するだろう。

「なるほど。だったら私はリビングのソファで寝ます」

自分なりに解決策を出したつもりだったが、鷹臣さんにあっさり拒否された。

「却下。全然わかってない。俺と同じベッドで寝るんだ」

「で、でも、困ります！　無理です」

彼が隣にいて寝られるわけがない。

首を横に振って受け入れられないことをアピールしたのだけれど、ソファから立ち上がった鷹臣さんが「昨夜だって一緒に寝ただろ?」と言って私の身体を抱き上げる。

「ちょっ……本当にダメです!」

鷹臣さんの腕の中で暴れて抵抗する私。彼はそんな私を見てせせら笑った。

「昨日ので俺のオスの本能が完全に目覚めた。俺を欲情させた責任を取れよ」

鷹臣さんはそのまま寝室に向かい、ベッドに私を下ろすと、上着をサッと脱ぎ捨て、自分もベッドに上がる。

「た、鷹臣さん……落ち着いて。わざわざ私みたいな初心者を相手にしなくても、あなたならどんな女性でも抱けるんですよ」

あたふたしながら止めようとしたら、彼が私を押し倒した。

「この五年、他の女を見ても全然欲情しなかった。寧々じゃないとダメなんだ」

その熱い目を見てハッとする。

ズルい。そんな言い方されたらなにも反論できなくなるじゃない。

「鷹臣さん……」

抵抗せずにじっと鷹臣さんを見つめると、彼は私のパジャマのボタンを外して脱がし、首のネックレスに触れた。

「綺麗になりすぎだ。しかも、俺以外の男を知らないときてる」

小さく笑って彼は私のダイヤのネックレスにキスを落とす。

「そそられずにはいられないんだよ。奥さん」

そんな甘い声で囁かないでほしい。

心臓の音がうるさいし、息もどう吸っていいのかわからなくなる。

「鷹臣さんは……この茶番を楽しんでるだけ。そのうち飽きるわ」

奥さんと言われて胸が痛み、彼から顔を逸らした。

彼となんのために結婚したのか忘れてはいけない。

「飽きるかどうか試してみよう」

鷹臣さんは私の顎を掴むと、顔を近づけて口づけた。

「あっ……んん！」

くぐもった声をあげる私のブラを素早く外し、彼はキスをしながら胸を鷲掴《わしづか》みする。

こうなってしまうともう止められない。

なにも考えられなくなって、彼が与える快感に溺れた。

逃げられるのは二度とごめんだ　―　鷹臣side

「結婚……か」

ソファに座ってウィスキーを飲みながら、結婚指輪をじっと眺める。

寧々は今、シャワーを浴びている。

昨日彼女に再会するまでは、いくら父がガンで余命幾ばくもないといっても離婚届に署名捺印して、五年間の契約を終わらせるつもりでいた。

バーでの不意打ちの再会は、俺の部下である和久井の策略によるもの。

部下といっても彼はもとは父の秘書で、俺にとってはお目つけ役。俺に意見することも少なくない。それに、和久井の家は代々成宮家に仕えていて、彼のことは子供の頃から知っていた。

昨日の夕方アメリカ出張から日本に戻り、じいさんへの報告も兼ねて本宅に帰ろうとしたのだが、和久井はなぜか運転手に赤坂にあるＮＡＲＩＭＩＹＡの系列ホテルに向かうように伝えた。

『なぜ本宅じゃない？』

不思議に思って尋ねたら、彼はニコッとして返した。

『今日は徹《とおる》さまがいらっしゃるようなので。ゆっくり休みたいでしょう？』

徹というのは俺の従兄で、NARIMIYAの専務をしている。

野心家で社長の座を狙っていて、俺とは仲が悪い。

会うたびに嫌みを言ってくるから相手をするのも疲れる。

『うるさいのはごめんだが、なぜ赤坂のホテルへ行く？』

普段は丸の内のオフィスに隣接しているうちの会員制ホテルで寝泊まりしているから、彼の説明を聞いても納得できなかった。

『龍臣さまの病院に近いですし、スタッフの働きも知ることができて一石二鳥かと。マンションに帰って、寧々さまの様子を見に行ってもいいんですよ』

和久井が寧々の話題を持ち出してきて胸がざわついた。

『赤坂のホテルでいい。あと一週間で契約が終わるんだ。わざわざ様子を見に行く必要はない。鉢合わせしたら困る。元気にしてるんだろ？』

『ご自分の目で確かめてみてはどうですか？』

和久井がこんな言い方をするのは、俺への不満があるからだ。

寧々に会ったのは、たった二度きり。

一度目は歩道橋。

二度目は役所で、婚姻届と弁護士に用意させた契約書にサインをし、その後、結婚後の生活についての説明をするため、彼女と一緒にレストランで食事をした。

婚姻期間は彼女に会わないと決めたので、それ以降顔を合わせてもいないし、電話で話してもいない。

ただ、和久井からことあるごとに報告は受けていたから、成人式や大学の卒業式の写真を見て、彼女の様子はある程度知っていた。

気にはかけている。いや、正確には気にせずにはいられないから、コンタクトは取らないようにしていた。

だが、メッセージカードくらいは許されるだろうと思い、誕生日や卒業式などのお祝い事には、和久井に頼んで直筆のメッセージ入りのカードを送っていた。

二十歳の誕生日には、カードと一緒にネックレスをプレゼントした。なにかせずにはいられなかったんだ。おまけに自分からは連絡もしないのに、寧々が俺のことを忘れないよう、【今日から大人になる妻へ】というメッセージも書いてしまった。

寧々の父親の葬式の時だって、本当はそばにいてやりたかった。しかし、タイミング悪く社長の俺でなければ解決しない問題が浮上していて、駆けつけてやることはできなかった。

寧々は書類上の妻。いずれ他人になる日が来るのだから、それでいいんだと自分に言い聞かせたが、心の中は苦い思いでいっぱいだった。

俺は寧々をどうしたいんだろうな。

彼女はまだ若い。これからいろんな男との出会いがいっぱいある。これ以上俺が寧々を束縛してはいけない。自由にしてやらないと……。

『その必要はない』

『冷たいですね。夫なのに』

和久井の皮肉を聞いて、ハーッと深い溜め息をついた。

『後悔してるんだ。婚姻届にサインなんてさせるんじゃなかった』

援助を受けさせるためとはいえ、ひどいことをした。

最初に会った時、彼女はまだ学生だったし、俺と結婚なんかしては自由に恋愛を楽しめなかったに違いない。

彼女の大事な五年という時間を奪った俺の罪は重い。

そのことを忘れた日は一度もなかった。

『寧々さまは、あなたにとても感謝してますよ』

和久井の言葉を聞いても少しも気持ちは楽にならない。

『感謝なんていい。早く俺のことなんか忘れて幸せになってほしい』

せめて彼女が何不自由なく暮らせるよう、これからもずっと見守っていくつもりだ。

ホテルに着いて和久井と夕食を食べた後、暇つぶしにバーに行ったが、そこで綺麗な女性が男性に絡まれているところに出くわし、助けに入った。

男性が女性の足を撫で回していて、ホテルのオーナーとしては見過ごせなかった。

『失礼。彼女が嫌がっているのがわかりませんか？　やめないなら警察を呼びますよ』

女性の顔を見て、身体の中を電流が走るような強い衝撃を受けた。

それは、この五年間ずっと俺の心を支配してきた契約上の妻――寧々。

多分、この再会は偶然じゃない。和久井に嵌《は》められたのだろう。

余計なことを……。

名乗らずに彼女の前から去るつもりだったができなかった。

酔って歩けない彼女に部屋を手配して、自分が運んだ。

他の者に任せられなかったのは、寧々に他の男が触れるのが嫌だったから。

名ばかりの妻だというのに、独占欲剥《む》き出しだったと自分でも思う。

部屋に運んだらすぐに寧々の前から消えるつもりでいたが、彼女が駄々をこねた。

『こんな広い部屋、私にはもったいなくて使えません！』

俺の正体を知ってて言っているのだろう。

『費用の心配はしなくていいよ』

紳士的に振る舞おうとするが、彼女はそんな俺に苛立《いらだ》っているのか声をあげた。

『費用の問題じゃないわ。ここでひとりで寝るのが嫌なの！』

その彼女の言葉にドキッとする。

普段は絶対に断る女の誘いも、寧々が相手だとうまくいかない。

俺よりも五歳下で、会った時は高校生で……。

守ってやらなければいけない存在。

あと一週間で結婚の契約も終わるのだ。絶対に手を出してはいけない。

そう。彼女は俺にとって禁断の果実。だから、余計に欲しくなる。

『勘違いだったらすまない。ひょっとして俺を誘っているのか？』

念のため確認したら、彼女は俺から顔を背けて答えた。

『なんでもないです。助けていただいてありがとうございました。ありがたく泊まらせていただきます』

素っ気ない口調だが、その声は弱々しくて放っておけなかった。

『なんでもなくない。そんな悲しそうな声で言われたら気になる。覚悟はできているのか？』

今ここで抱けば、もう離婚はできない。

寧々がノーと言えば、去るつもりでいたが、『そんなのとっくにできてるわ！』と彼女は俺に食ってかかった。

とっくに……か。

つまり、寧々は身も心も俺の妻だと言いたいのだろう。

金銭的なサポートをしていたとはいえ、大事な五年間を奪った俺を彼女は少なからず恨んでいると思っていた。

だが、今目の前にいる寧々は、俺を求めている。

喧嘩腰で言われたが、そんな彼女がとても愛おしく思えてキスをした。

彼女は俺の妻――。

やっぱり寧々は危険だ。会うと気持ちが彼女に持っていかれる。

適当に相手をすれば、彼女も納得するだろうか。

最初はそんな気持ちで寧々に触れた。

避妊具を持っていなかったし、ある程度満足させれば寧々のプライドだって傷つかずに済む。

見た感じ男性経験はあまりなさそうだから、俺に触れられて怖気《おじけ》づく可能性だってある。

初めは俺が主導権を握って、寧々を翻弄《ほんろう》するつもりだった。

だが、気をしっかり持たないと理性を失いそうで怖かった。

俺の愛撫に反応して喘ぐ彼女。

もっと彼女に触れたい。触れて俺色に染めたい。

そんな独占欲に支配される。

だが、理性を総動員して自分の欲望と戦った。

これが限界。これ以上触れれば、自分を抑えられなくなる。

それに、彼女を一生俺に縛りつけることになる。

『ホント、いい反応をする。最後までしたいところだが、避妊具もないし今日はこれで終わりにし……！』

『いい！　ピルを飲んでるから平気です。だからやめないで』

欲望を抑え、途中でやめようとしたら、彼女が俺の言葉を遮った。

ピルを飲んでいようがいまいが、そんなことはどうでもよかった。

彼女がこんなにも俺を欲している。

そう考えたら、もう自分を止められなかった。

俺も寧々が欲しい。

『純情なんだか、小悪魔なんだかわからないな』

自嘲するように呟いて、彼女を自分のものにした。

この五年間の禁欲生活が仇《あだ》となってしまったのかもしれない。

キスの段階で男性経験があまりなさそうだとは思っていたが、実際に彼女と身体を重ねて処女だとわかった時は少なからず驚いた。

だから、なるべく彼女が痛がらないよう慎重に抱いた。

その時はもう自分の欲望のことなど頭になくて、寧々の身体のことだけ考えていたように思う。

己の欲望に負けて寧々と一夜を共にしたが、朝シャワーを浴びている間に彼女はいなくなっていた。

多分、俺とのことを後悔しているのだろう。

だが、もう遅い。

その後部屋にやってきた和久井に、寧々に会うため『これからマンションに帰る』

と伝えたが、にこやかに返された。

『帰る前に支配人やスタッフに労いの言葉をお願いします』

言われるままフロントに足を運び、支配人と少し話をしてスタッフに挨拶したら、その中に寧々がいた。

髪をまとめてメガネをかけているが、ひと目見て彼女だとわかった。

おまけに寧々は旧姓の鈴木を名乗っていて……。

俺は、彼女に近づいて容赦《ようしゃ》なく命じた。

『今は成宮のはずだが。後で昨日の部屋に来るように』

言われた彼女は青ざめていた。

苛立ってはいたが、それは寧々に対してではない。この五年、彼女を知ろうとしなかった自分に腹を立てていたんだ。

俺が寧々を避けていなければ、彼女がうちで旧姓で働いていたことなどもっと早い段階で気づいていたはず。

彼女に嘘をつかせて……俺はなにをやっていたんだろうな。

寧々のことだ。俺に少しでも借りを返そうとしたのだろう。

すぐに和久井に『どうして寧々が働いていることを言わなかった?』と問い質した

ら、平然とした顔で返された。

『この五年、寧々さまに一度も連絡せず興味がなさそうでしたので、報告しませんでした。寧々さまを責めないでください』

俺への嫌み。

イラッとしたが、寧々のことはずっと和久井に任せていたから反論できない。

昨夜彼女を抱いてわかった。

どうして俺がずっと寧々に会うのを避けていたのか。それは、彼女に惚れるのが怖かったから。

最初に会った時、寧々は歩道橋から飛び降りて自殺しようとしていた。

そんな状況での出会いでも、彼女に惹《ひ》かれた。

綺麗な顔をしているというのもあったが、なんとかして家族を助けたいという彼女の優しさが俺の心に響いたのだ。

だが、高校生に手を出してはいけない。

そう思ってずっと避けてきたのに、昨夜ついに寧々を抱いてしまった。

五歳あった年の差が、昨夜会って一気に縮まった感じがする。それくらい彼女は魅力的な女性に成長していた。

『お前、仕組んだだろ？』

スーッと目を細めて和久井に恨みがましく言えば、憎らしいほど涼し気な顔で返された。

『確かに私がお膳立てしましたが、昨夜、バーで鷹臣さまが寧々さまと会われたのは偶然ですよ』

和久井がバーでのことを知っていても不思議ではない。どうせホテルのスタッフに事の次第を聞いたのだろう。

ならば、昨夜俺が寧々を抱いたこともある程度予想しているはず。

『予定通り離婚の手続きをしますか？』

わざわざ胸ポケットから離婚届を出して俺に見せつける和久井をじっと見据えた。

サインなんてしないとわかってるくせに。

『その離婚届は破棄でいい。代わりに結婚指輪を用意しろ』

ニヤリとしてそう命じたら、彼は微かに口角を上げた。

『承知しました』

『やけに嬉しそうだな？』

片眉を上げる俺を、和久井は至極楽しそうにいじった。

『ええ。暇な時間があればいつも寧々さまの成人式の写真を眺めている主人を見るのはつらかったですからね』

『寧々には余計なことは言うなよ』

顔をしかめて和久井に釘を刺したら、彼は『はい』とうっすらと笑みを浮かべて返事をした。


それから寧々と話をし、離婚しないことを伝えた。

寧々を父に紹介して、俺も彼女の弟に会ったが、彼女はまだ俺の妻になったという認識が足りない。

だが、これから同じ時間を過ごして本当に結婚したことをわからせればいい。

そんなことを考えていたら、寧々がシャワーを終えてリビングに現れた。

「ありがとうございます。あの、私はゲストルームで寝ますね。おやすみなさい」

ゲストルームという言葉が彼女の口から出てきて思わずつっこむ。

「この家の女主人がゲストルームで寝てどうする？　当然俺と同じ寝室だ」

「え？　それはまずいんじゃないですか？」

狼狽える彼女にいろいろと理由をつけて説得しようとしたが、すんなり首を縦に振らないので強引に俺のベッドに運んだ。

「昨日ので俺のオスの本能が完全に目覚めた。俺を欲情させた責任を取れよ」

「た、鷹臣さん……落ち着いて。わざわざ私みたいな初心者を相手にしなくても、あなたならどんな女性でも抱けるんですよ」

上着を脱ぐ俺を見て動揺する彼女。

ホント、わかってない。

「この五年、他の女を見ても全然欲情しなかった。寧々じゃないとダメなんだ」

俺の告白に彼女は目を大きく見開いた。

「鷹臣さん……」

曇りのない綺麗なその瞳。

汚いビジネスの世界に生きているせいか、その美しさにハッとせずにはいられない。

もう彼女は完全に俺のものだ。

彼女にプレゼントしたダイヤのネックレスが、その証《あかし》に思える。

「綺麗になりすぎだ。しかも、俺以外の男を知らないときてる」

彼女のパジャマを脱がし、ネックレスに恭しく口づけた。

「そそられずにはいられないんだよ。奥さん」

他の誰のものでもない。寧々は俺の妻——。

彼女に出会うまでは、もう誰も好きになることはないと思っていた。

「鷹臣さんは……この茶番を楽しんでるだけ。そのうち飽きるわ」

俺との関係に戸惑っているのか、昨夜のような元気がない。

「飽きるかどうか試してみよう」

俺から顔を逸らしている彼女の顎を掴み、そのりんごのように赤く色づいた唇を奪う。

「あっ……んん！」

俺のキスに感じて声をあげる寧々。オスの本能を刺激されずにはいられない。

たまらず彼女のブラを取り去り、ハリがあって瑞々しい胸を掴んで揉み上げた。

女を抱くのは初めてではないが、彼女を相手にすると、今までに感じたことのない興奮を覚える。

シミひとつない白磁のような肌。

「柔らかくて、なめらかで、ずっと触れていたくなる」

俺の感想を聞いて彼女は頬を赤らめた。

「や……言わないで。恥ずかしい」

「知ってたか？　恥ずかしいって言われると余計言いたくなる。寧々はかわいいな」

クスッと笑ったら、彼女は目を隠して俺に抗議した。

「本当にやめて」

目を隠せば恥ずかしくなくなると思っているのだろうか。

「奥さんを愛《め》でてなにが悪い？」

寧々の胸の先端を舐め回しながら、もう片方の胸を指で刺激する。

「ああ……ん！」

声を上げ身悶えする彼女。

「本当に感度がいいな」

寧々の反応を見ながら、今度は反対の胸を口に含み、その先端を吸い上げた。

「あっ……鷹臣さん」

弓なりになる彼女の声を聞きながら、間を置かずに胸への愛撫を繰り返す。

彼女が感じている姿を見るのが楽しい。

「胸を触られるのが好きみたいだな。ここでやめてもいいけど、どうする？」

意地悪くそんな質問をするのは、彼女の意思を確認したいから。

俺がただ彼女を求めるだけでは虚《むな》しい。俺を求めていると、寧々の口から聞きたい。

「いや……そんなこと聞かないで」

身体をもじもじさせる彼女の両手をシーツに押さえつけて問い質した。

「ダメだ。はっきり言わないと。もう布団被って寝ようか?」

「……もっと触れてほしい」

伏し目がちにか細い声で言う寧々に顔を近づけ、「よくできました」と褒めてやると、キスをしながら彼女の脇腹から胸へと手を滑らせる。

反り返る身体がなんとも色っぽい。彼女のこんな姿を知るのは俺だけ。

寧々の胸を口に含んで吸い上げながら、彼女のパジャマの下を脱がしてショーツに手をかける。

一瞬ハッとした表情で動きを止める彼女を優しく宥《なだ》めた。

「大丈夫だ。怖くない」

昨日まで経験がなかったのだから、まだ抵抗があるのだろう。

寧々がぎゅっと目を瞑《つぶ》ると、ショーツを取り去り、彼女の太腿に舌を這わせる。

「ああ……んん!」

彼女が口に手を当てるのを見て、ニヤリとしながら言った。

「声は我慢しなくていい。もっと聞かせてくれ」

寧々の足の付け根を指で刺激したら、彼女はこらえきれずに喘いだ。

「恥ず……かしい……ああん！」

「恥ずかしくない。昨日だってしただろ？」

フッと微笑しながら、彼女の身体を堪能する。

寧々の身体の準備ができると、ゆっくりと身体を重ねた。

彼女はピルを飲んでいるし、避妊はしなかった。

もし子供ができても、結婚しているのだからなにも問題ない。

むしろ俺には好都合だ。

昨日寧々と身体を重ねてから、子供がいる未来を考えるようになった。

彼女の子供ならさぞかしかわいいだろうな。

オムツを替えて、ミルクをあげて……そんな妄想についつい耽《ふけ》ってしまう。

寧々の身体が慣れてくると、腰を何度も突き上げた。

「あっ……ああん！　鷹臣さん！」

俺に手足を巻きつけて喘ぐその姿がすごくセクシーで、彼女を求めずにはいられない。

「寧々」

彼女を強く抱きしめて、一気に昇りつめる。

快感がドッと押し寄せてきて、しばらくそのまま寧々を抱いていた。

セックスなんて欲望を満たすためだけのものだと思っていたが、彼女が相手だと特別な行為になる。心が温かくなって、優しい気持ちになるのだ。

もっともっと寧々が欲しい。

今朝は逃げられたが、もう逃しはしない。


その夜、何度も彼女を抱いた。

疲れ果てて俺の腕の中で眠る彼女にチュッと口づけ、そっと囁く。

「おやすみ、寧々」

しばらくその顔を眺め、クスッと笑みを浮かべた。

「こんだけ抱いたら、明日の朝は足腰立たないだろう」

無理させて悪いな。

だが、もう逃げられるのは二度とごめんだ。

彼の親族

誰かが私の頭を撫でている。

誰なの？

そんな疑問が浮かぶと同時に、鷹臣さんの声が聞こえた。

「……悪い。朝の予定、キャンセルしてくれないか？　どうせじいさんと叔父との朝食会だから問題はない。じゃあ、三十分後に」

朝の予定……キャンセル？

パチッと目が開いて、電話を終わらせた鷹臣さんと目が合った。

「あっ、起きたか。おはよう」

彼が顔を近づけてきて、私に羽根のようなキスをする。

朝から甘々な展開に目をパチクリさせる私。

「あの……朝の予定キャンセルって？」

電話の内容が気になって、鷹臣さんに確認しながら視線を彷徨わせて時計を探す。

掛時計を見つけたが、もう朝の七時を過ぎていて慌てた。

「身内の集まりで退屈なだけだ。仕事には関係ないから心配するな」

彼がのんびりした様子で返したけれど、急いでベッドから起き上がった。

「心配します！　私のせいでキャンセルになって、なんて言われるか」

「むしろ夫婦仲がいいってじいさんには好印象だと思うがな。いい眺めだし、午前中はずっとベッドで過ごそうか？」

鷹臣さんが私の胸元を見て顔をニヤニヤさせているので、ハッと気づいた。

私……裸だ！

「キャッ！」

声をあげて両手で胸を隠したら、彼がフッと笑う。

「もう何度も見てるのに今さらだろ」

「な、慣れてないんだから仕方ないでしょう！　シャワーを浴びたいので目を閉じてくれません？」

鷹臣さんがいるのに裸のままバスルームに堂々と行く勇気はない。

おろおろしながらお願いしたら、彼が面白そうに目を光らせた。

「だからもう全部見て知ってる」

どうやら目を瞑る気はないらしい。

覚悟を決めてベッドを出ると、足に力が入らなくてそのまま床にくずおれた。

「あっ！」

え？　普通に立てないんですけど。

唖然《あぜん》としていたら、鷹臣さんがククッと笑って私を抱え上げてまたベッドに戻す。

「昨日無理させたからな。いいから寝てろ」

「でも……仕事に行かなきゃ」

またベッドを出ようとする私を彼が止めた。

「昨日話しただろ？　仕事はいいから、うちでゆっくりしているように」

そういえば、もう行かなくていいんだっけ。私がいなくても大丈夫だろうか？

いや、きっと鷹臣さんや和久井さんが指示して、私の代わりのスタッフを補充しているはず。私がいなくてもフロントスタッフは困らないだろう。

でも、私は……寂しい。好きな仕事だったんだけどな。

「病気じゃないのに、休んでるなんてできません」

反論する私に彼はとんでもない提案をする。

「だったら俺とシャワー浴びて、今日は俺に同行するか？」

鷹臣さんとシャワー？

「む、む、無理です～！」

彼とシャワーを浴びる姿を想像してパニックになりながら拒否した。

「だったら大人しく寝てること。足腰立たないんだから仕方がない。あっ、昼頃に本宅のお手伝いが来るから、勝手に弟のいる部屋に帰るなよ」

床に落ちていた下着をさっと身につけると、彼はポンと私の頭を叩きバスルームに向かう。

均整のとれたその綺麗な体躯《たいく》を見て、ドキドキせずにはいられない。

「ぎゃあ～！」

鷹臣さんの下着姿を見て騒いだら、ハハッと彼の笑い声が聞こえた。

「あ～、笑われた。朝から私なにやってるの？」

男の人の裸なんて弟ので少しは慣れているはずなのに、鷹臣さんだと違って見える。

絶対に子供だって思われた。

もっと洗練された大人の女になりたい。彼に釣り合うような。

この五年、私はなにをやっていたのだろう。全然成長していない。

自己嫌悪に陥っていたら、シャワーを終えた鷹臣さんが戻ってきた。

彼はバスローブを身につけていて、部屋の奥にあるクローゼットに向かう。

「スーツ、紺とグレーだったらどっちがいいと思う？」

突然彼に聞かれ、戸惑いながら答えた。

「え？　紺？」

「じゃあ、シャツとネクタイは？」

クローゼットの中を物色しながら鷹臣さんは質問を続ける。

「うーん、シャツが水色で、ネクタイがダークグレーとか？」

パッと頭に浮かんだものを適当に挙げていく。

「じゃあ、今日はそれで決まりだ」

決め顔で微笑み、鷹臣さんは素早くスーツに着替える。

ネクタイを締めるちょっとした動作もカッコよくて、惚れ惚れする。

本当に私の言ったコーディネートで行くんだ。

なんだか嬉しい。

着替え終わった鷹臣さんをうっとりと見ていたら、笑われた。

「スーツ姿がそんなに珍しいか？　昨日も一昨日もスーツだったぞ」

「スリーピースのスーツって素敵だなって思って」

なにも考えずに思ったことをそのまま口にしたらつっこまれた。

「俺は素敵じゃないんだ？」

悪戯っぽく光るその目。どうやら私の口からカッコいいと言わせたいらしい。

「ちゃんと鷹臣さんも褒めてます。カ、カッコいいですよ」

澄まし顔で答えるつもりが肝心なところでつっかえてしまい赤面した。

「どうも。寧々が褒めてくれたから、嫌なじじいどもとの会合も乗り切れるよ」

とびきりの笑顔を見せる彼をじっとりと見る。

「そんなの余裕なくせに」

「余裕なんてない。夜は本宅に行くから、午後六時に一回戻る」

チュッと彼が私にキスをすると、インターホンが鳴った。

「和久井が来たみたいだ。じゃあ、行ってくる」

寝室を出ようとする彼に、「行ってらっしゃい」とベッドの中から声をかけた。

玄関まで見送りたいが、今は普通に歩けないから諦めるしかない。

数日前だったら、こんな展開信じられなかった。まるで夢のよう。

鷹臣さんの家にいること自体、私には大事件だ。

大学生の頃は、彼氏の家に泊まるというシチュエーションに憧れていた。

恋人のベッドで寝て、抱かれて、一緒に目覚めて……。

それが、現実になっている。

男の人って愛していない相手でもあんな風に情熱的に抱けるのだろうか？

鷹臣さんが私を大事に思ってくれているのはわかる。でも、それを愛だと誤解してはいけない。

昨日抱いたのだって私を好きだからじゃない。近くにいた女が私だったから。

でも、私はもう鷹臣さんにしか抱かれたくない。

彼と離婚したら、私はどうなるのだろう。

彼のいない生活に戻れるだろうか？　今のことをいい思い出にして生きていける？

弟が無事に大学を卒業したら、仏門にでも入ろうか……な。

心静かに……暮らし……たい。

明け方まで抱き合ったせいか身体が疲れていて、ベッドに横になったらそのまま眠ってしまった。


インターホンが鳴っている。

「……う～ん、うるさい。もっと寝たい……じゃない！」

本宅のお手伝いさん！

ハッと目が覚めて急いでベッドを出るが、自分がまだ裸だと気づき、「あっ」と声をあげた。

クローゼットに行って目についた下着と服を素早く身につけ、手櫛《てぐし》で髪を直しながら玄関に向かい、ドアを開ける。

「こんにちは。お待たせしてしまってすみませ……！」

ドアの外にいたのは、七十歳くらいの和服姿の女性。手には野菜などの入ったバッグを持っている。本宅のお手伝いさんが来ると鷹臣さんから聞いていたけれど、想像と違っていて目が点になった。

なんというか凛《りん》としていて華道の先生みたい。本宅のお手伝いさんとなると品もあるのだろうか。

「まあ、あなたが鷹臣……鷹臣坊ちゃまのお嫁さん？　器量のいいお嬢さまだこと」

「いえいえ、全然そんなことはないです。寧々と言います。よろしくお願いします。どうぞ上がってください。あっ、荷物お持ちしますよ」

スリッパを用意して、お手伝さんに手を差し出したが、断られた。

「いいえ。若奥さまに持たせるわけには参りません。では、上がらせてもらいますね」

にっこり笑うその顔からは、なんというか人を従わせる強さが感じられる。

リビングに案内し、お茶を出そうとしたら、「私は客ではありませんから」とまたやんわり言われた。

お手伝いさんの扱いって難しい。

ひょっとして、私は鷹臣さんの嫁として試されているのだろうか？

この家のどこになにがあるかは、昨日鷹臣さんに教えてもらって全部把握している。

鷹臣さんの嫁アピールをしたいところだけれど、余計なことを言うとまた注意されそうだ。

ソファに座るのも悪いと思ってキッチンのそばで突っ立っていたら、ギュルルッと私のお腹が鳴った。慌ててお腹を押さえるが止まらない。

「……すみません。変な音聞かせてしまって」

苦笑いする私に、お手伝いさんは優しく微笑んだ。

「お腹が空いてるんですね。では、鷹臣坊ちゃんが好きだったとっておきのを作りましょう」

「鷹臣さんが好きだった料理」

ポツリと呟いて考える。

私……彼の食べ物の好き嫌い、なにも知らない。

「ソファにでも座っててくださいな」

そう言われたが、そのままキッチンにいた。

卵と玉ねぎを用意して、まず玉ねぎを切っていくお手伝いさん。やはり手際がいい。

調味料の場所を聞かれ、棚の下から醤油《しょうゆ》、砂糖、みりん、酒などを取り出して彼女に渡す。お手伝いさんが調理する様子を眺めながら、スマホを出してメモを取った。

「どうしてメモを？」

怪訝な顔をされたので、笑って返した。

「鷹臣さんに作ってあげたくて」

言ってから私の立場では不適切な発言だったかもしれないと不安になった。

私は成宮家のルールや常識を知らない。

成宮家の嫁は料理をするのだろうか。百合さんはどうしてるのだろう。

「鷹臣坊ちゃまは幸せ者ね。こんないいお嫁さんに来てもらって」

ニコリと微笑む彼女を見てホッとする。

「そんな。私の方が鷹臣さんに幸せにしてもらっています。彼は私の命の恩人ですから」

私の話にお手伝いさんは首を傾げた。

「命の恩人？」

「恥ずかしい話ですが、昔、歩道橋の上から飛び降りて死のうとしたところを鷹臣さんに止められたんです。それがきっかけで彼と結婚して」

彼と出会うことがなければ、どうなっていたか。

今は笑ってあの時のことを人に話せる。でも、本宅のお手伝いさん相手に緊張してしまって、いらぬことまで話してしまったかも。

「まあ。そんなことが。ちょうど鷹臣坊ちゃまがいてよかったわ」

私を温かい目で見つめる彼女に、慌てて謝った。

「驚かせてしまってすみません。鷹臣さんには感謝してもしきれないぐらいで、彼が喜んでくれるならなんでもしたいんです」

「寧々さまのその気持ちだけでも坊ちゃまは嬉しいと思いますよ。さあ、できたので食べてください」

お手伝いさんがニコニコしながら作ってくれたのは、ふわふわの玉子丼。

ダイニングテーブルに座り、いただきますをして食べ始める。

玉ねぎが柔らかくて味もしっかり染みていて美味しい。

「ご飯何杯でもいけそう。とても美味しいです」

私のコメントを聞いて、お手伝いさんはふふっと笑った。

「鷹臣坊ちゃまと同じ顔で食べるのね。夫婦って似るのかしら」

一緒に暮らし始めたのは昨日からなんですけどね。

「どうでしょう。似たら嬉しいですけど」

少しはにかむ私に、彼女は優しい目で告げた。

「鷹臣坊ちゃまのこと本当に好きなんですね。鷹臣坊ちゃまも寧々さまに出会えてよかったと思いますよ。これからも坊ちゃまのことをよろしくお願いしますね」

お手伝いさんが深々と頭を下げるものだから、私は椅子から立ち上がって彼女の両手を握った。

「こちらこそよろしくお願いします。お時間ありましたら、他に鷹臣さんが好きな料理も教えていただけないでしょうか？」

「もちろん構いませんよ」

お手伝いさんが快諾してくれて、鷹臣さんが好きな料理のレシピをいろいろ教えてもらった。

「ぶり大根、ナスの田舎煮、かぼちゃのグラタン……こんなところかしら。甘い物は苦手だけれど、手作りのクッキーは好きでしたねえ」

お手伝いさんの話に耳を傾けていたが、鷹臣さんがクッキーが好きと聞いて思わず聞き返した。

「クッキーですか？」

クールにブラックコーヒーを飲んでいるようなイメージなので、彼が美味しそうにクッキーを頬張る図が浮かばない。

「小さい頃は、私が焼いたクッキーを摘まみながらよく読書をしていましたよ」

「その頃の鷹臣さん、見てみたかったです。きっと小さい頃からカッコよかったんでしょうね。女の子にもモテモテだったろうな」

写真があったら絶対に見たい。

「そうですね。学生時代は、バレンタインにチョコをたくさん持って帰ってきました。毎日食べても食べきれないくらいね」

その話を聞いて、自然と笑みがこぼれた。

「想像つきます。トラック一台分とかでも驚かないです」

お手伝いさんと目を合わせ、微笑み合う。

鷹臣さんが小さい頃のエピソードも聞けて、私にとっては楽しい時間だった。

お手伝いさんが帰ると、早速クッキーを作ってみた。

ちょうど焼き上がった頃、鷹臣さんが帰ってきたのか、玄関のドアがガチャッと開く音がして……。慌てて玄関に行くとやはり彼で、私の顔を見て頬を緩めた。

「ただいま。なんだか甘い匂いがするな」

「おかえりなさい。実はクッキーを焼いたんです」

「へえ、寧々がクッキーね。それは本宅に行く前にぜひ味見しないとな」

靴を脱いで、鷹臣さんはまっすぐキッチンに向かい、シンクで手を洗った。

「どうして急にクッキー作る気になったんだ？」

「本宅のお手伝いさんが来て、鷹臣さんが手作りクッキーが好きだって聞いたから作ってみたんです。なにもすることなくて暇だったし」

私の話を聞いて、鷹臣さんは面白そうに目を光らせながらダイニングテーブルに置いておいた手作りクッキーを摘まむ。

「ふーん、そんな話までしたのか。おっ、クッキーうまい」

彼が美味しそうに食べるのを見て、自然と顔が綻んだ。

「本宅のお手伝いさんて、なんかすごいですよね。着物着てて品があって。うちも昔は家政婦さんが来てたんですけど、普通のおばさんでしたよ」

「まあ、本宅は基本着物で、古くからいる人が多いからな。名前はなんて言ってた？」

「あっ、そういえば名前聞くの忘れた。白髪でお華の先生みたいな感じで……」

あ～、どうして名前聞かなかったんだろう。

「白髪でお華の先生みたい……か。ふーん、俺の嫁さんに興味津々だな」

クスッと笑う彼の言葉が意味深だと思って聞き返した。

「なにがおかしいんです？」

「なんでもない。そのお手伝いさんにはすぐ会えるさ。夕飯は本宅で食べるからな」

「そうですね。でも……なにを着ていけばいいのか」

最初の印象が大事だから、着るものに悩む。

「和久井が用意した服を見てみよう」

鷹臣さんがそう言って寝室に向かったので、私も後をついていった。

クローゼットを物色して、彼が選んだのはピンクベージュのワンピース。

「これがいいかな。肌の露出もないし、じいさんたちにも受けがいいと思う」

彼が言うなら間違いない。

「ありがとう。ちょっと別の部屋で着替えてきます」

鷹臣さんからワンピースを受け取って寝室を出ようとしたら、彼に肩を掴まれて振り向かせられた。

「夫婦なんだからここで着替えればいいじゃないか」

「それは慣れてないから……キャッ！」

うつむき加減にそう返すと、鷹臣さんは私の上着に手をかけてサッと脱がし、楽しげに笑った。

「慣れるには俺の前で着替えないと」

上半身はブラだけになり反射的に両手で胸を押さえたら、彼が私の耳元に顔を近づけてきた。

「寧々は本当にウブだなあ。五十年後もそうやって恥ずかしがってそうだ」

五十年後……。その言葉に胸がチクッとした。

本当にそうならどんなにいいか。でも、そもそも私は愛されて結婚したのではない。きっとそのうち私は不要になって離婚される。

「その頃には、怖いものなしのおばあちゃんになってます」

鷹臣さんの視線を受け止めながらできるだけ平静を装って言ったら、彼はキラリと目を光らせ、私の太腿を撫で回した。

「じゃあ、賭けてみるか？」

「あっ……そ、そんな五十年も待っていられません……ん」

喘ぎ声が出そうになるのを必死にこらえる私の首筋に、彼は今度は唇を這わせる。

「そうかな？　楽しい賭けじゃないか」

「か、賭けになんか……ならない」

彼が与える快感に身悶えしながら答えるが、いつの間にか彼にスカートも脱がされた。

「強情だな。これだけ誘惑してるのに。どこまでやったら応じるのか」

ひとり言のように言って鷹臣さんはブラの中に手を滑り込ませ、私の胸を揉みしだき、キスをする。

「ん……んん！」

くぐもった声をあげて身体を弓なりに反らしたその時、インターホンが鳴った。

「あ〜あ、残念。時間切れだ。和久井が来た」

キスをやめて苦笑いすると、彼はほんの一瞬私をぎゅっとしてから解放した。

「俺が和久井の相手をするから、ゆっくり着替えるといい」

フッと笑って、鷹臣さんは寝室を出ていく。

ホッとしたが、少しがっかりする自分もいた。

彼に抱かれていると本当に愛されているような気持ちになるからだ。

「もうこれ以上彼に求めてはいけない。これから彼に恩を返していかなきゃ」

両手でバチンと頬を叩いて自分を叱咤する。

鷹臣さんが選んだワンピースに着替えて出ていくと、彼と和久井さんが褒めてくれた。

「うん。新婚の奥さんって雰囲気でいいんじゃないか」

「そうですね。上品ですし、寧々さまによく似合っていますよ」

美形のふたりにまじまじと見られ、顔がカーッと熱くなる。

「ありがとう」

はにかみながら礼を言う私に、鷹臣さんが顔を近づける。

「この程度で赤くなるなんて、ホント寧々はかわいいな」

「あ〜、からかわないでください」

両手で顔を隠しながら抗議する。

そんな私たちを見て、和久井さんが微笑んだ。

「仲がよくて羨ましいですよ」

それからすぐに黒塗りの車に乗って本宅に向かった。

目白の閑静な高級住宅街にある本宅は、ジャコビアン様式の優美な洋館で歴史を感じさせる。

正面玄関には左右に大理石の円柱が立っていて、扉上にはステンドグラス、おまけに玄関前に使用人が三人並んで立っていてゴクッと息を呑《の》む。

鷹臣さんの手を借りて車を降りるが、正面玄関に立つだけでガチガチに緊張してきた。

「私……おかしくないですよね？」

不安になって鷹臣さんに尋ねた時、犬が二匹走ってきた。

飛びかかってきそうな勢いだったが、彼が「ウィル、アレク！」と声をかけると、二匹の犬は鷹臣さんの足元に座り込んだ。

犬種はドーベルマンで、最初見た時は怖かったが、こうして座って鷹臣さんを見上げている姿はなんともかわいらしい。

「すごいお利口さんね」

手を伸ばして二匹を撫でたら、鷹臣さんに驚かれた。

「俺以外の者に頭を触られるのは嫌がるんだけどな」

「え？　すごく気持ちよさそうにしてますよ。人懐っこいんじゃないですか？」

手を止めると、もっと撫でてと顔を寄せてくるのに意外だ。

「過去に何度も泥棒を撃退してきた番犬だぞ。尻を噛まれた泥棒だっている」

鷹臣さんの話が信じられなかった。

「全然そんな風に見えませんよ。目がうるうるしててかわいいのに」

「うちの番犬を手なずけた段階で、じいさんたちに気に入られるだろうな」

鷹臣さんが犬を撫でる私を見て感心したような顔をするので、ふふっと笑った。

「だといいですけど」

犬のお陰で少しリラックスできた。

鷹臣さんと共に玄関に入ると、廊下には赤い絨毯《じゅうたん》が敷かれていて、迎賓館のような格調高い雰囲気。

一階の奥にある食堂に案内されるが、十人は座れそうな長い長方形のテーブルにすでに四人着席していて、気を引きしめた。

「百合さんは？」

彼女の姿がなくて鷹臣さんに声を潜めて尋ねたら、彼は淡々と返した。

「親父に付き添ってここ最近は病院に泊まり込んでいるらしい」

彼の返答を聞いて、父が死ぬ前のことを思い出した。

私も父が危篤状態だった時は、病院で寝泊まりしたな。父が心配で生きた心地がしなかった。

百合さんも体調を崩さないといいのだけれど。

そんなことを考えていたら、鷹臣さんが今日集まったメンバーを私に紹介した。

「テーブルの奥にいるのがじいさんとばあさん、左側にいるのが叔父の成宮常臣《つねおみ》さんとその息子で従兄の徹」

叔父の方は恰幅《かっぷく》がよく、髪も白髪交じりで、お義父さまよりも年が上に見える。副社長なので顔くらいは知っているが、横柄な人という噂だ。

従兄の方は専務で、勤務していたホテルでたびたび見かけた。細身で吊《つ》り目、いつも顔をしかめていて気が短く、ホテルスタッフの間でも評判が悪い。

鷹臣さんの説明に小さく頷き、席まで行って目を丸くした。なぜなら彼のおばあさまが、昼間マンションにやってきたお手伝いさんだったからだ。

驚く私を見て、おばあさまが柔らかく微笑む。

「いらっしゃい。鷹臣がメールをくれたの。早速クッキーを作ったんですって？」

あまりに動揺していて、すぐに彼女の質問に答えられなかった。

「はい。あの……ご無礼をお許しください。まさか鷹臣さんのおばあさまとは思っていなくて」

自分の失態に青ざめながら謝罪する私に、おばあさまはにこやかに自己紹介する。

「ふふっ。いいのよ。わざと名乗らなかったんですから。鷹臣の祖母の妙子《たえこ》です。よろしくね」

「寧々と申します。よろしくお願いいたします。ご挨拶に伺うのが遅れて申し訳ありません」

おじいさまとおばあさまに改めて挨拶したら、鷹臣さんの叔父と従兄に嫌みを言われた。

「結婚して五年経ってから挨拶に来るなど、非常識もいいところだ」

「本当に結婚してるか怪しいな。金で雇ったんじゃないか？」

なにも弁解せずに頭を下げ続ける私を鷹臣さんがかばう。

「俺の妻を悪く言うのはやめてくれませんか？　俺は父の代わりに海外を飛び回っていて忙しかったし、彼女も植物状態の父親とまだ学生の弟の世話で大変だったんです」

鷹臣さんの話を受けてずっと沈黙していたおじいさまが口を開いた。

「常臣、徹、口を慎め。和久井から寧々さんのお父さんは亡くなったと聞いている。

ここを実家と思ってくれたら嬉しい」

私をまっすぐに見て告げるおじいさまの目を見て礼を言う。

「ありがとうございます」

鷹臣さんの叔父と従兄は冷たいが、祖父母には歓迎されているようで安堵する。

それから成宮家のお抱えシェフが作った豪華な料理に舌鼓《したつづみ》を打ちながら鷹臣さんと彼の祖父母と和やかに会話をしていたが、彼が突然私を横目で見てある暴露話をした。

「実は寧々は俺に内緒でNARIMIYAのホテルで働いていたんですよ。フロントに普通にいたから驚きました」

その話にギョッとして、周囲の反応を見る。

鷹臣さんの叔父と従兄は馬鹿にしたように笑ったが、おじいさまは面白そうに目を光らせながら私に尋ねた。

「どうして鷹臣に内緒で？」

「反対されるかと思いまして。でも、どうしても鷹臣さんの役に立ちたくて、どんな仕事でもいいからNARIMIYAで働きたかったんです……あっ！」

また緊張で余計なことまで言ってしまった。

口に手を当て、恐る恐る鷹臣さんに目を向ければ、彼はニヤニヤしながら私を見ている。

失言だったとすぐに反省したが、おじいさまは私の熱意を聞いて優しく微笑んだ。

「そうか。鷹臣はいい嫁をもらったな」

「ええ。ウィルとアレクも彼女に頭を撫でられて尻尾を振っていましたよ」

鷹臣さんの話におじいさまはご機嫌な様子で相槌を打つ。

「ほお。それは興味深いな。うちの番犬も認めた次期女主人というわけか」

「顔だけじゃなくて心も綺麗なお嬢さんよ。鷹臣はとってもいい子にめぐりあったわね」

おばあさまの言葉に鷹臣さんはフッと微笑した。

「そうですね。寧々がいなかったらずっと独身でいたかもしれません」

鷹臣さんがテーブルの下で私の手を握ってきたものだからドキッとした。

なんだかみんなに隠れていけないことをしている気分になる。

その後、食事会を終えてマンションに帰り着いたところで、和久井さんが鷹臣さんに告げた。

「会長から明日は栃木《とちぎ》の旅館におふたりで視察に行くようにと伝言を承《うけたまわ》っています。

ゆっくりしてきてください。では」

和久井さんが去って、鷹臣さんと家に上がると、どっと疲れが出てソファに腰を下ろした。

「ふ～、なんとか無事に終わった」

「お疲れ。じいさん、ばあさんも寧々を気に入ったみたいでよかったよ」

鷹臣さんが私の頭をポンと叩いて微笑むが、私は苦笑いした。

「鷹臣さんの叔父さんと従兄には嫌われたみたいですけど」

そのふたりは、終始不機嫌だった。

「俺も嫌われているし、まああのふたりは相手にしなくていい。なにを言われても気にしないことだ」

「でも、お義父さまが入院しているから、今、会社での味方はおじいさまだけなんでしょう？」

会社での鷹臣さんの立場が心配になる。

おじいさまにもしものことがあれば、鷹臣さんは孤立してしまう。

「大丈夫。この五年苦労して役員を味方につけたから。叔父や徹の好きにはさせない。そんなことより、風呂に入ってきたらどうだ？」

急にお風呂の話題になり、フーッと息を吐きながら返事をした。

「私はちょっと休んでからにします。もう動く気力がなくて」

できればここで寝たい。

「じゃあ、俺と一緒に入ろう」

彼がニヤリとしながらそんな提案をするので、首をブンブン振って断った。

「結構です！」

「疲れてるんだろ？　俺が身体も洗うし、髪も乾かしてやる」

鷹臣さんが手を伸ばして私を抱き上げたので、全力で拒否した。

「本当に結構です！　その気持ちだけで充分」

一緒にお風呂なんて冗談じゃない。恥ずかしいし、刺激がありすぎて無理だ。

「遠慮するな。綺麗に洗ってやるよ」

ハハッと鷹臣さんが楽しげに笑う。

その言葉通り、バスルームに連行された私は、彼に身体の隅々まで洗われた。

甘い休日

「さあ、着いた」

次の日の昼下がりに鷹臣さんに車で連れてこられたのは、栃木県内のとある公園。

シートベルトを外して車を降りると、満開の桜が私たちを出迎えてくれた。

今年は暖かく、都心のソメイヨシノは四月を待たずに散ってしまったが、栃木はちょうど見頃だ。

「綺麗……」

目に飛び込んでくる景色にホウッと見惚れてしまう。

ひらひらと舞う桜の花びらを見ていたら、パシャッとカメラのシャッター音がした。

その音の方に目をやると、鷹臣さんがスマホで私の写真を撮っていて、思わず顔をしかめた。

「なに撮ってるんですか？」

「美人と桜」

笑みを浮かべながら答える彼に文句を言った。

「美人じゃありません。桜だけ撮ってください」

「どうして？　絵になってていいじゃないか」

不思議そうな顔をする彼に溜め息交じりに返した。

「写真、苦手なんです」

学生時代、よく知らない人に写真を撮られ、それがいつの間にかネットにアップされているのを見て怖くなった。だから、シャッター音にはついつい敏感になる。

「苦手か。わかったよ。さあ、行こう」

彼は私の頭をポンと叩いて歩き出した。

気を悪くしただろうか？

鷹臣さんを追いかけてその横顔をじっと見たら、ツンと頭を指でつかれた。

「こら、花見に来たのに、俺を見てどうする？」

どうやら怒ってはいないようだ。

「鷹臣さんを見るのも花見です。桜とマッチしてて絵になってますよ。よく人に言われませんか？」

さっきの仕返しとばかりにそう言い返すと、彼はフッと微笑した。

「いいや。花見なんて久しぶりだし」

「私も久しぶりです。父が事故に遭ってからそういう気分になれなかったから」

生きていくのに必死で、花を見る余裕なんてなかった。

「寧々は今までひとりで家族を支えようと必死だったからな。これからはもっとゆっくりするといい」

彼が優しくアドバイスしたが、笑顔で断った。

「大丈夫です。急にゆっくりしたら身体がおかしくなっちゃいますから。馬車馬みたいに働く方が精神的に楽なんですよ」

私の言葉を聞いて、彼はスーッと目を細める。

「それ、すでに病気だ。これからはもっと自分の人生を楽しめよ。俺からの命令」

「命令って言われると、逆らいたくなります」

悪戯っぽく目を光らせる私に彼は呆れ顔で言う。

「天《あま》の邪鬼《じゃく》」

そんなたわいもないやり取りが楽しい。

穏やかに流れる時間。

今、私の人生を楽しんでますよ。

なんだか夢の中にいるみたい。鷹臣さんに憧れるようになってから、ずっとこんな風に彼の横を歩く妄想をしていた。

桜も綺麗だけれど、私の横にいる鷹臣さんも負けていない。

すれ違う花見客が、みんな彼を振り返る。それは彼が花の精のように美しいから。

きっと一日見ていても飽きない。

彼とこんな時間を過ごせるなんて、なんて贅沢なんだろう。

しばらく公園内を散策していたが、急に冷たい風が吹いてきてぶるっと震えた。

「ちょっと冷えてきたな。あっちに露店があるから、なにか買って身体を温めよう。

寧々はここで待ってろ」

鷹臣さんが近くのベンチに私を座らせると、私の首にマフラーを巻いて露店へと向かった。

「こういうのデートっていうのかな？」

鷹臣さんの後ろ姿を見ながら、マフラーに手をやる。

微かに甘い柑橘系の香りがする。これは彼が使っているシャンプーの匂いだ。

マフラー一枚なのにとっても暖かく感じられる。

ちょっとした幸せに浸りながらボーッと桜を眺めていたら、二十代くらいのメガネをかけた男性に声をかけられた。

「すみません。写真撮っていいですか？」

「申し訳ないんですが、写真は苦手で」

丁重に断るが、その男性は諦めない。

「そこをなんとか。写真家を目指していて、あなたの写真なら絶対に賞をとれると思うんです」

手に持っているのは、高そうな一眼レフカメラ。

写真家を目指しているという話も嘘ではないかもしれないけれど、協力はできない。

「本当に苦手なんです。お役に立てず申し訳ありません」

再度断って男性から目を背けたら、パシャパシャとシャッターを切る音がした。

ああ、またか。

溜め息をつきながら手で顔を隠す私に、カメラを持った男性は「もっと笑って」と図々しくも指示を出す。

文句を言う気力もなく、なるべくカメラに写らないようマフラーで口元を隠そうとしたら、男性が私の太腿に触れてきて身体が強張った。

「ほら、足組んで笑ってよ」

「嫌！」

男の手を払おうとしたが、私のスカートの中に手を入れてきて……。

怖くてぎゅっと目を閉じたその時、鷹臣さんの声がした。

「妻に触れるな！」

目を開けたら、鷹臣さんがメガネの男性の腕を掴んで捻《ひね》り上げている。その目は静かな怒りに燃えていて、メガネの男性は震え上がった。

「ぼ、僕はなにもしてません！」

「よくそんな嘘がつけるな。もう二度と妻に近づくな。今度近づいたら容赦しない」

男は怯えながら「は、はい」と返事をし、鷹臣さんが腕を離すと、あたふたしながらこの場から去った。

「鷹臣さん、ありがとう。タイミングよく来てくれて助かりました」

もう鷹臣さんがいるから大丈夫だ。

安堵しながら礼を言う私を怖い目で見据えて、彼は説教を始めた。

「寧々、ちゃんと助けを呼ばないと。俺がすぐに戻らなかったらどうなっていたか。考えるだけでも寿命が縮む。いったいなにがあった？」

すごく怒ってる。どうしてこんなことになってるの？

「あの……写真を撮りたいって言われて断ったんですけど、無理矢理撮ってきて、しかも身体に触ってきて……」

戸惑いながら答えたら、彼はハーッと盛大な溜め息をついた。

「写真……か。ちょっと離れただけで、虫が寄ってくるとは。一瞬たりとも目が離せないな」

「大丈夫ですよ。今回たまたまああいう人だっただけで」

軽く流そうとしたら、鷹臣さんは私の返答が気に入らなかったようで片眉を上げた。

「今回？」

あっ、言い方が悪かった。

「あの……その……とにかく……なんでもないですから」

必死にごまかそうとするが、彼の顔が怖くてしどろもどろになる。

「今までも同じようなことがあったんだな？」

不機嫌モード全開。空気がピリピリして痛いんですけど。

「もう過去のことなんていいじゃないですか」

ハハッと笑ってはぐらかす私に、彼は仏頂面で言った。

「全然よくない。だいたい寧々は危機感なさすぎだ。いいか、これから寧々がひとりで外出する時は護衛をつける」

鷹臣さんが大騒ぎするので、必死に宥めた。

「大袈裟《おおげさ》ですよ。本当に大丈夫ですから」

「俺の心臓がもたないんだよ」

彼があまりにも真剣な眼差しで言うものだから、ついふふっと笑ってしまった。

「なにがおかしい？」

怪訝な顔をする彼に、笑いを抑えながら返した。

「弟も結構心配性ですけれど、鷹臣さんはそれ以上だと思って……クシュン！」

くしゃみをする私を見て、鷹臣さんが思い出したように袋から紙のカップを取り出し、私に手渡す。

「忘れてた。ホットココアを買ってきたんだ。これ寧々の分」

「ありがとう。ココアなんていつ以来だろう？　受験以来かも。いつもカフェではコーヒーばかり飲んでて」

甘い匂いがなんだか懐かしく思える。高校の時とか夜中にココア飲んで勉強してたっけ。

「俺も最後にいつ飲んだか記憶がない。ひとりにして悪かった。寧々がカメラが苦手な理由がわかったよ」

またカメラの件に話が戻ったのでハラハラしたけれど、彼が私の気持ちをわかってくれて少しホッとした。

「私を撮ってもなにもいいことないんですけどね」

有名人でもないのに理解に苦しむ。

「そんなことはない。目の保養になる。成人式や卒業式の写真だって綺麗だったし。たまに眺めて楽しんでる」

ニコニコしながら彼がそんな話をするものだからギョッとした。

「は、恥ずかしいからやめてください。それなら鷹臣さんの写真の方がずっと目の保養になりますよ。後で撮っていいですか？」

「俺の写真なんか撮ってもなんの役にも立たないと思うけど、寧々が撮りたいなら付き合うよ」

「約束ですからね」

ニンマリしてココアを口にする。温かくて、それにほどよく甘くて美味しかった。

花見を終え、鷹臣さんの運転で一時間ほど移動すると、清流沿いにかやぶきの集落が見えてきた。

時刻は、午後五時過ぎ。

「昔話に出てきそう」

ノスタルジックな風景に目を輝かせる私を見て、隣で運転している鷹臣さんが頬を緩めた。

「今日泊まる宿だ」

一番大きなかやぶき屋根の古民家の前に車を停めると、宿の従業員が出てきて荷物を運んでくれた。

鷹臣さんの話では、この宿は三百年の歴史を持ち、有名な政治家や文化人もよく訪れるらしい。

ホテルの高級感とは違った豪華さで、日本人というのもあるかもしれないが、日本家屋を見ると懐かしい感じがして心が和む。

古民家に一歩足を踏み入れると、ドンという大きな太鼓《たいこ》の音で出迎えられた。

大柱の吹き抜けロビー、丸型の提灯《ちょうちん》、磨き上げられた一枚板の廊下。歴史の重みを感じられる。

「素敵な宿ですね」

館内を物珍しい気持ちで見回す私を見て、鷹臣さんがクスッと笑った。

「ここ、祖父の定宿なんだ。俺も何回か泊まったことがある」

チェックインの手続きを済ませると、二階の奥の部屋に案内された。

川沿いにある二間続きの和モダンな部屋で、露天風呂付き。奥の部屋にはベッドが置かれている。

「お殿さまが泊まりそう」

優雅な部屋を見てそんな感想を口にしたら、座卓で仲居さんが淹れてくれたお茶を飲んでいた鷹臣さんが小さく微笑んだ。

「寧々って結構かわいいこと言うな。顔と言動のギャップが面白い」

「それどういう意味ですか？」

鷹臣さんの横に座って聞き返したら、彼は悪戯っぽく目を光らせて私をからかう。

「一見気位の高いお姫さまに見えるのに、中身がかわいい」

「見た目は大人で、中身は子供って言ってますよね？」

じっとりと鷹臣さんを見て追及するが、彼はとぼけた。

「さあ、どうだろう？」

「言ってますよ」

無意識にペシッと彼の手を叩いて、ハッとする。

「あっ、ごめんなさい。つい……」

「謝ることない。よそよそしくされるよりいい」

極上スマイルでそう言って、鷹臣さんは私に口づける。

突然のことでビックリはしたけれど、目を閉じて彼の唇を受け入れた。

遠くで川のせせらぎが聞こえる。

静かに流れるふたりだけの時間。

気づけば外がすっかり暗くなっていたので、夕食前に大浴場のお風呂に入り、浴衣に着替えて食事処に向かった。

板張りの席に昔ながらの囲炉裏《いろり》があって、岩魚《いわな》や野菜の串焼き、栃木牛の溶岩石焼き、猪鍋などの料理が用意されている。

「囲炉裏なんて初めて。日本昔ばなしの世界みたい」

ひとり感動していたら、鷹臣さんに笑われた。

「寧々といると飽きないな」

席に着く彼に、頬を赤くしながら言い訳した。

「だって囲炉裏ですよ。東京《とうきょう》に住んでて囲炉裏に出会うことないじゃないですか？」

「小さい頃、家族旅行でこういう場所に来たりしなかったのか？」

家族旅行をした思い出はない。父はオーケストラの公演でいつも海外を飛び回っていたし、母は仕事仲間と遊びに行っていて、私と拓海はいつも家で留守番をしていた。まる一週間両親がいなかったこともある。

だからだろうか。自分が弟を守らないとって強く思うようになった。

弟を立派な大人にする。それが私の夢。

「あまり旅行ってしなかったんですよね。だから温泉とかすごく嬉しい」

過去の苦い思い出に蓋《ふた》をしてそう答えたら、彼が温かい目で笑った。

「それはよかった。次は違う温泉に行ってみよう」

「そうですね」

笑顔を作って返事をしたが、次一緒に温泉に行くことはないと思った。鷹臣さんの仕事は多忙だし、彼が休みを取る頃には私は離縁されているかもしれない。

「なにかお酒でも頼むか」

鷹臣さんがドリンクのメニューを手に取ったが、私に目を向け、少し悩ましげに呟く。

「あっ、でも寧々は酒弱いんだよな。どうするかな」

きっとバーで再会した夜のことを思い出したのだろう。

「わ、私は気にしなくていいですよ。せっかくここに来たんだから飲んでください」

あの夜のことには触れられたくなくて、ちょっと動揺しながらそう言うと、彼はフッと微笑した。

「それじゃあ、寧々は味見程度で」

係の人を呼んで、栃木の地酒を頼むと、ふたりで乾杯した。

「ふたりのハネムーンに」

彼のその言葉にフリーズする。

え？

「なにそんなに目を大きく見開いているんだ？」

怪訝な顔をする彼をまじまじと見つめながら答えた。

「今……ハネムーンって言ったから」

「籍入れてかなり経ってるが、ふたりで旅行なんて初めてだろ？　まあハネムーンって言ったら、普通は海外だよな」

「いえ、そういうことではなくて……なんでもないです」

私たちは愛し合って結婚したわけではないから、彼の口からハネムーンなんて言葉が出てくるとは思ってもみなかった。

「変な寧々。海外がいいなら手配するけど、どこがいい？　パリ、ロンドン、ドバイ、ニューヨーク、ハワイ……どこでも連れていく。なんなら世界一周でも」

すごく気前のいい話。まるで小説の世界みたいだ。

いつもスマホで銀行口座の残高を見て洋服を買うかどうか決めている私とは、やはり住む世界が違うなって思う。

私のことなんていいから、もっと自分の心配をしてほしい。ただでさえ彼は働きすぎなのだから。

「たった一日の休暇を取る余裕もないくせに、なに言ってるんですか？」

和久井さんから鷹臣さんの仕事のことはよく聞いていたから、彼が休みなく働いていたのは知っている。

「寧々のためなら休暇取るよ」

調子のいいこと言って。

彼は会社にすべてを捧げている。社長になるために私と結婚だってしたのだ。

「そういうのは、自分のために取ってください」

彼に甘い言葉を言われても、ツンケンした態度で言い返した。

「寧々はもっと我儘《わがまま》言った方がいいな」

「長女なので無理です。諦めてください」

ニコッと笑って、日本酒をグイッと飲む。

我儘を言って甘えることに慣れてしまってはいけない。

「またそんな飲み方して。酒、飲み慣れていないんだろ？」

渋い顔をする鷹臣さんに笑って返した。

「一杯だけだから大丈夫です」

「怪しいな。飲みすぎて俺に絡んだくせに」

彼があの夜の話に触れたので、慌てて話を逸らした。

「あっ、岩魚、いい感じに焼けてるじゃないですか。なんかキャンプみたい。いただきます」

岩魚の串焼きに手を伸ばしてかぶりつく。

「塩味がほどよくきいていて美味しい」

私が頬を緩めるのを見て、鷹臣さんも岩魚の串焼きを手に取って口にした。

「確かにうまいな。それに日本酒に合う」

日本酒と合うのか。

「もう一杯だけもらっていいですか？　さっきあまりよく味わってなかったので」

日本酒が入った瓶をジーッと見つめてお願いするが、彼は許可してくれない。

「ダメだ。絶対酔うから」

「鷹臣さんのいけず。あとは部屋のベッドで寝るだけなんだからいいじゃないですか。それに、鍛えないと弱いままですよ」

口を尖《とが》らせて文句を言うと、彼は呆れ顔で返した。

「鍛えないとって……体育会系の飲み会じゃないんだから。ていうか、その発言、すでに酔ってないか？」

「酔ってませんよ」

そんなたわいもない会話をして食事をする。

五年間ずっと彼と一緒に過ごしてきたような不思議な感じがした。

離れてはいたけれど、ずっと彼と気持ちは繋がっていたのかもしれない。

食事を終えて部屋に戻ると、足がふらつく私を見て鷹臣さんが私に注意した。

「俺がいない時は一滴も飲むなよ」

「ちょっと足が痺《しび》れただけです」

私の言い訳を聞いて、彼は私の頬に触れてきた。

「頬がうっすら赤いぞ」

「あったかいもの食べたせいですよ。もう、いつから私の父親になったんですか！」

頬に触れている手を軽く振り払ったら、彼が面白そうに目を光らせる。

「父親じゃなくて、五年前から夫やってるけど」

「会いにも来なかったくせに」

ついそんな恨み言が口から出て、すぐに失言だったと後悔する。

会わないって契約だったし、私が文句を言える立場じゃないのに、なにを馬鹿なことを言っているのか。

「……ひょっとして寂しかったのか？」

少し驚いた顔で彼が問いかけてきて、狼狽えながら否定した。

「そ、そんなことありません。部屋の露天風呂に入ってきます」

奥にある浴室の脱衣場に逃げ込み、ドアに持たれてうなだれる。

「ホント、馬鹿だ。あんなこと言って、私の気持ちに気づかれたらどうするのよ」

彼のそばにいると自分でもなにを言い出すかわからない。

好きって気持ちが溢《あふ》れ出して抑えるのに苦労する。

この旅行が終わったら、できるだけプライベートでは距離を置くようにしよう。

そう心を決めて露天風呂に入る。

お湯はなめらかで少し熱め。

清流沿いにある源泉かけ流しの岩風呂は趣きがあり、空には月が浮かんでいた。

「一生分の贅沢をしてるみたい」

月を眺めながらポツリと呟く。

――これが本当の結婚だったらよかったのにな。

だが、現実にあんな素敵な男性と結ばれるなんて、私にとってはそれこそおとぎ話のようなもの。

ひょっとしたら、あのバーの夜から私は夢を見ているのかもしれない。

物思いに耽っていたらガラガラッと出入り口の扉が開く音がして、ハッとして振り返ると、タオルを腰に巻いた鷹臣さんがいて唖然とした。

「え？　ちょ……な、なんでいるんですか？」

あまりに気が動転してしどろもどろになる私。

「俺も風呂に入りたくなった」

どこか楽しげに私の質問に答える彼を直視できなくて目が泳ぐ。

どうする？

今、湯船から上がって鷹臣さんに裸を見られるのは恥ずかしい。

昨日一緒に入った時も、羞恥のあまり失神しそうだった。

私が出るまで目を閉じていてもらう？　いや、昨日そんなお願いをしたら、素直に聞いてくれなかった。

彼が上がるまで一緒に入る。それしかない。幸いマンションのお風呂と違ってここの照明は薄暗い。湯船に入っていれば、裸でもよく見えないだろう。

「そう」とだけ返して再び川の方を向いたら、鷹臣さんが私の横に腰を下ろした。

「大浴場もよかったが、部屋の露天風呂もなかなかいいな」

お互い裸でいると思うと平静ではいられない。

「川のせせらぎ聞きながら入浴なんて贅沢ですよね」

笑おうとしても顔が強ばるし、彼の方を見て話せない。

ひたすら目の前の清流を見つめる私の視界を突然鷹臣さんが遮って……。

「寧々、なんで俺を見ない？」

今、私の目に映っているのは彼の胸板。

「な、なんでって、月を眺めてたんですよ」

心の中でキャーと叫びながら、とりあえず頭に浮かんだ言い訳を口にする。

「月ねえ。月って空にあるんじゃないか？」

鷹臣さんの指摘に慌てて言い直す。

「うっ、あの……その……全体的な景色を楽しんでいたので……」

筋肉がほどよくついていて逞《たくま》しい彼の肉体に目が釘づけになり、最後まで言葉が続かなかった。

美しくてセクシーで、これは目の毒だ。

この人に抱かれたなんて、今でも信じられない。

「寧々、ちゃんと俺の目を見ろよ」

彼の手が私の顎をクイと掴んで目を合わせさせられた。

ゴクッと息を呑む私の瞳を彼の目が捕縛する。

「鷹臣さ……ん？」

目を大きく見開いたまま名前を呼んだら、彼は顔を近づけて私に口づける。

クチュッと水音がして、なにか火でもついたかのように身体が一気に熱くなった。

柔らかいその唇の感触に恍惚《こうこつ》となる。

彼の舌が口内に入ってきて、私もたまらず舌を絡ませてキスに応えた。

恥ずかしいとかいう気持ちはどこかへ消えた。

ただ彼が欲しい。

それしか頭になかった。

「もっと乱れていい」

その甘い囁きが余計に私をおかしくする。

鷹臣さんが私の胸を揉み上げながら、首筋に唇を這わせてきて思わず声をあげた。

「あ……あん！」

「その声、とってもそそる」

フッと笑みを浮かべると、彼は私の胸の先端を舌で舐め回した。

「あん……鷹臣さん！」

喘ぎ声と共にその名を呼んだら、彼が私の胸を吸い上げてきて、あまりの快感に身悶えした。

「まるで楽器だな。俺が触れるといい声で鳴く」

楽しげに言った鷹臣さんが臀部《でんぶ》を撫で回しながら再びキスをしてきて、なにも言葉を返せなかった。

頭はボーッとするし、身体も燃えるように熱い。

急に身体の力が抜けて、そのまま彼にもたれかかる。

「寧々？」

私の様子がおかしいと思ったのか、彼が私の顔を覗き込んできた。

「頭が……ふらふら……」

身体が沸騰しそう。

「寧々！　大丈夫か！」

鷹臣さんが珍しく慌てた声で私の名前を呼ぶ。

覚えているのはそこまで――。

朝目覚めたら鷹臣さんの腕の中で眠っていて、私はバスタオルしか身につけていなかった。

鷹臣さんはまだ眠っている。

彼は浴衣を着ているのに、私はバスタオルだけ。

どうして？

昨日一緒に露天風呂に入ってキスされて、その後、急に気分が悪くなって……。

「そのまま気を失ったのか」

それで彼が私を運んでくれたんだ。

そう考えたら、急に恥ずかしくなって身体がカーッと熱くなった。

「寧々、顔真っ赤。またのぼせた？」

私の声で目が覚めたのか、彼がチュッとキスをしてきてあたふたした。

「ち、違います。あの、昨日はご迷惑をおかけしてすみません」

「突然倒れてビックリしたけど、元気になってよかったよ」

優しく微笑む彼の笑顔が眩しい。それに、浴衣が少しはだけていて色気がだだ漏れ。

このまま一緒にいたら、私の心臓がおかしくなりそう。

「あの……なにか着たいので起きます」

バスタオルで胸元を隠しながら布団から出ようとしたら、彼に組み敷かれた。

「そう慌てるな。朝食までまだ時間あるし、昨夜の続きをしようか」

「鷹臣さ……ん、ダメ。ああ……ん！」

彼が私の胸に顔を埋めてきたかと思ったら、そのまま舌で気持ちがいい場所を攻められて……。

結局、チェックアウトギリギリまで彼に抱かれた。

これからはずっとそばにいるよ ― 鷹臣side

「寧々、ちゃんと俺の目を見ろよ」

露天風呂の中で、寧々の顎を掴んで目を合わせる。

夕食の後少し様子がおかしかったから、彼女を追いかけて露天風呂に入った。

ひとりにしてはまずいと思ってのことだが、彼女は俺と目を合わせてもくれない。

俺と関係を持つまで男性経験がなかった彼女は、俺が上半身裸になっただけでも顔を真っ赤にして大騒ぎする。今もかなり動揺しているのだろう。

気持ちはわかるが、距離を置かれるみたいで面白くない。

「鷹臣さ……ん？」

驚いた顔をする寧々の瞳は、微かに揺れていた。

彼女は俺だけのもの。誰にも渡さない。

今日改めて彼女の美しさを思い知った。

出会った頃から綺麗だとは思っていたが、その影響力をあまり認識していなかった。

咲き乱れる桜よりも美しく、男なら誰もが彼女に目を奪われる。

彼女しか見ていないから、わからなかった。

一瞬離れただけで、男が寄ってくることに――。

もし俺が戻るのが遅かったら、彼女はカメラを持った男に傷つけられていたかもしれない。

寧々はたいしたことないようなことを言っていたが、ホテルで再会した時だって男に口説かれていたのだ。ひとりにしてはいけないと思った。

なにかあったらと思うと気が気じゃない。もう他の男を近づけさせない。

絶対に――。

寧々の唇を奪い、キスで自分の思いを伝える。

お前は俺にとって唯一の女なんだと。

彼女もすぐに俺のキスに積極的に応えたものだから、自分を止められなくなった。

何度抱いても、まだ足りない。もっともっと彼女が欲しい。

その身体に触れて安心したいという思いもある。

十代の頃、好きだった女性がいたが、その人は別の男と結婚した。

身近な女性だったから裏切られたような気がして、かなりショックだった。

苦い思い出。

それから女性を本気で好きになることはなかった。

寧々に会うまでは――。

だから、今度は絶対に引かない。

彼女は俺の妻。

俺が見つけた誰よりも愛おしい存在。

「もっと乱れていい」

独占欲むき出しで、寧々の身体を堪能する。

その声も、その肌のなめらかさも、彼女のすべてが俺を夢中にさせる。

欲望のまま寧々の身体を貪《むさぼ》っていると、彼女が急に俺にもたれかかって、なにかおかしいと思った。

「寧々？」

彼女はぐったりしていて「頭が……ふらふら……」とうわ言のように呟く。

「寧々！　大丈夫か！」

慌てて彼女を呼ぶが意識が朦朧《もうろう》としているのか、返事をしない。

まずい！　のぼせたか。

慌てて寧々を抱き上げて岩風呂を出ると、脱衣場に戻ってバスタオルで彼女の身体を包み、声をかける。

「寧々！　寧々！」

返事をしないので、今度は彼女の頬を軽く叩いた。

「寧々！」

「う……ん」

急に明るい場所に移動して眩しかったのか、彼女は腕で目を隠した。

よかった。意識はある。だが、身体は真っ赤だ。

長く風呂に浸かりすぎたな。俺がいなければ早く上がったんだろうが。

床に寧々を寝かせ、タオルを水で濡らして彼女の頭を冷やす。

しばらくすると、身体の火照《ほて》りが収まってきた。

次は水だな。

冷蔵庫からペッドボトルの水を取り出し、彼女の上体を起こして飲むように促した。

「寧々、水だ」

ペットボトルを彼女の口に近づけたが、自分で飲もうとしない。

「仕方がないな」

口移しをすれば、彼女はゴクッと水を飲み込んだ。

それを三回ほど繰り返してから、俺は浴衣を着て、寧々をベッドに運んだ。

彼女の呼吸は落ち着いている。

「水分も補給したし、これで大丈夫だろう」

安堵してフーッと息を吐いたら、彼女が俺の方に身体を寄せてくる。

「鷹臣さ……ん、平気……だから」

つらいのは寧々なのに俺に気を使う。

どうしたら俺に甘えるようになるのだろう。

「この状態で平気なわけないだろ？　俺のせいだ。ごめん」

寧々の頭を撫でると、彼女は「鷹臣さんのせいじゃ……ない」と言って猫のように身を丸くした。

その姿を見て愛おしさが込み上げてくる。

五年間会っていなかったが、俺の心の中にずっと彼女はいた。

そして、今俺のそばにいる。

一度抱いてしまったら、もう絶対に手放せない。

露天風呂に入る前に彼女が俺に言った言葉が頭から離れなかった。

『会いにも来なかったくせに』

それは、彼女が俺にうっかり漏らした本音に違いない。

気まずそうに俺から逃げたから。

金銭的な援助さえすれば、それで充分だと思っていた。

だが、違った。彼女は俺に会いたかったんだな。

父親が事故に遭って心細くて、精神的な支えが必要だったのだろう。

「寧々、寂しい思いをさせて悪かった」

そう言葉をかけるが、もう返事はない。代わりにスーッという寝息が聞こえてくる。

ほぼ寝ながら会話していたし、疲れていたに違いない。

俺もベッドに入り、包み込むように彼女を抱きしめる。

和久井を通して支えているつもりでいたが、彼女が本当に欲しかったのは、誰かにこうやって抱きしめてもらうことだったんじゃないだろうか。

彼女に弟はいるが、姉という立場では頼れなかったに違いない。

今、こうして寧々を腕に抱いて実感する。

彼女の温もりや彼女の重みにとても安堵するのだ。

「寧々、これからはずっと一緒にいる」

眠っている彼女にそう約束する。

聞いていなくてもいい。

俺がそばにいるということを彼女がそのうちわかってくれれば――。


「――そのまま気を失ったのか」

部屋のベッドでいつの間にか眠ってしまい、寧々の声で目が覚めた。

彼女が隣にいると、自分でも驚くくらい寝つきがいい。

俺の腕の中にいる寧々の顔は真っ赤。きっと昨日のことでも思い出しているに違いない。それか、今この状態でいるのが恥ずかしいのか。

「寧々、顔真っ赤。またのぼせた？」

顔を近づけて軽くキスをしたら、彼女は一瞬目をパチクリさせたが、つっかえながら俺の言葉を否定した。

「ち、違います。あの、昨日はご迷惑をおかけしてすみません」

ご迷惑を……って、俺は夫なんだけどな。

この狼狽え方。ホント、見ていて飽きない。

「突然倒れてビックリしたけど、元気になってよかったよ」

彼女に微笑んだら、視線を逸らされた。

「あの……なにか着たいので起きます」

バスタオルを掴んで俺の腕から抜け出そうとする彼女をベッドに押し倒す。

「そう慌てるな。朝食までまだ時間あるし、昨夜の続きをしようか」

彼女の胸に顔を寄せ、舌でその先端をゆっくり舐め回す。

「鷹臣さ……ん、ダメ。ああ……ん！」

昨夜抱けなかったから余計に彼女が欲しくなる。

「ダメじゃない」

寧々にまたがり、両手でその身体を探索する。

俺が触れるだけで色っぽく乱れるその姿が見ていてたまらない。

もっと俺の手で鳴かせたいと思う。

俺だけが寧々を求めても意味がない。

彼女も俺を欲するから、愛おしさが増すのだ。

胸を集中して攻めていたら、彼女が焦れったそうにしているので、意地悪く尋ねた。

「どうした？　もじもじして」

「……なんでもない」

寧々がプイと顔を横に向けるが、彼女の頬を両手で挟んだ。

「寧々、言わないと、望むものをあげられない」

言葉にするのは大事だ。

「……早く来て」

ボソッと呟くように言う彼女に、チュッと口づけた。

「そういうお願いは大歓迎」

彼女の足の付け根に手をやると、もう準備はできていて、そのまま彼女と身体を重ねる。

だんだん俺に慣れてきたのか、初めての時のように痛がることはない。

寧々の反応を確認しながら腰を打ちつける。

「あっ……あん！」

俺の両肩を掴んで喘ぐ彼女。

避妊具をつけていないせいか、より身近に彼女を感じる。

まるでもとからひとつだったかのようだ。

「寧々」

名前を呼ばずにはいられない。

最高潮に達した時、今まで味わったことのない感覚で満たされた。

強く寧々の身体を抱きしめると、彼女も俺を抱きしめ返す。

「鷹臣さ……ん」

快感と幸福感に包まれ、しばらく抱き合っていたが、寧々がベッドサイドの時計を見て抱擁を解こうとする。

「もう七時過ぎ。そろそろ食事処に行かないと」

「まだまだ寧々が足りない」

ニヤリと笑って彼女をベッドに組み敷いた。

「え？　朝食は？」

「朝食よりも寧々が欲しい」

飽くなき欲求。

少し引き気味の妻を見てゆっくり微笑むと、彼女に熱く口づけた。

夫の誘惑

「あー、暇」

平日の昼下がり、私はリビングのソファに座り、ひとり嘆息した。

当然のことながら鷹臣さんは仕事でいない。

ハラハラドキドキの温泉旅行が終わり、東京に戻ってもう一週間が経過した。

日中は美容サロンに通い、夜はパーティー。

最初は『至福の時』なんて言って感動していたけれど、そんな生活は三日もすれば飽きる。

パーティーは鷹臣さんの役に立っているという充実感はあるが、美容サロンは毎日行くものではない。それに、こんな生活に慣れてしまったら堕落する。

彼との契約が解除された後の生活を考えないと。

そんなことを考えながら、家を出て同じマンション内にあるもと住んでいた部屋に戻ると、弟がリビングにいてパソコンでなにやら作業をしていた。

「あれ？　今日は大学は？」

拓海に尋ねたら、彼はパソコン画面から顔を上げ、「今日は休講になったから、家で論文書いてる」と答えた。

「姉さんこそどうしたの？　なにか取りに来た？」

「そういうわけではないんだけど、ちょっとね」

曖昧に答えて自分の部屋に行くと、拓海の本が山積みになっていて驚いた。

「なにこれ？」

私の部屋が物置きになってる。

「ちょっと拓海〜、どうして私の部屋に本がどっさり置いてあるの？」

リビングに戻って文句を言ったら、弟は悪びれた様子もなく返した。

「姉さんが嫁に行ったから、俺の書斎にしようと思って」

「こらこら、本当に嫁に行ったわけじゃないのよ。勝手に自分の部屋にしないで」

「あのさあ、鷹臣さんが言ったんだよ。『お姉さんの部屋はなくしていいから』ってね。あるとすぐ戻ってくるでしょ？　今みたいに」

反論する拓海に呆れ顔で言った。

「真に受けないの。いつかここを出なきゃいけなくなる日も来るんだから。引っ越す時に大変だし、あまり物を増やさないでよ」

今大学生の拓海は奨学金をもらっているから学費の心配はない。鷹臣さんと離婚しても、私が働けばなんとかふたりで生活していける。

「……でも、いつまでも姉弟仲良く暮らすというのは無理があるよね。そのうち拓海だって好きな人ができて結婚するだろうし、そしたら一緒には暮らせない。これはちゃんと自分の人生考えないと」

ひとりぶつぶつ言っていたら、拓海が私の両肩に手を置いた。

「おーい、なんか変な方向に考えてるよね？」

私の顔を覗き込む弟に、ニコッと微笑んでみせた。

「大丈夫。私、明るく快適なおひとりさま生活目指すから」

今度エンディングノートでも買って、離婚後の生活についてじっくり考えよう。

「え？　おひとりさま生活ってなに言ってんの？」

「心配しないで。拓海のお荷物にはならないから」

ギョッとした顔をしている弟にそう返してリビングを出る。

拓海は優しいから、私の面倒を見るとか当然のように言うだろう。でも、弟におんぶなんて絶対にダメだ。

「ちょっ……姉さん」

拓海が追ってきたけれど、「じゃあ、論文頑張って」とひらひらと手を振って、鷹臣さんの部屋に戻った。

今後のおひとりさま生活を考えると、やはりお金は必要。ちゃんとした仕事を見つけないと。なにか就職に役立つ資格でも取るか。

秘書検定、会計士、通訳、医療事務……思いつく資格を考えるけれど、どれもピンとこない。

今は不況で新しい仕事を見つけるのは難しい。派遣に登録してもすぐに見つかる保証はないだろう。

また和久井さんに頼るのは申し訳ないしな。いや、そんな甘い考えがいけないんだ。

ここ数日で贅沢に慣れてしまったし、人に頼ることにも慣れてしまった。

これは一時的なことで、仕事なんだって思わないと。

ハングリー精神を忘れるな。人間、落ちる時はあっという間にどん底に落ちる。

バチンと自分の頬を叩いて活を入れると、ベージュ色のスーツに着替え、タクシーで数日前まで出勤していたホテルへと向かった。

今日はパーティーに行く予定もないし、鷹臣さんの帰りは遅い。外出してもバレないだろう。

みんなの仕事ぶりを見て、刺激を受けないと。

悲しいことに私の行く場所なんて他にないのだ。

タクシーがホテルの前に着いて、正面玄関から中に入る。

メガネをしていないし、髪も下ろしているせいか、スタッフは私に気づかない。

だが、フロントに向かうと、小春さんに声をかけられた。

「え？　寧々さん？」

私を見て驚く彼女にニコッと微笑む。

「こんにちは。よく私だって気づいたわね。仕事の方はどう？」

「メガネをかけてなくても寧々さんは寧々さんだもの。今日はすごくシックで素敵ね。久々に会えて嬉しい。たまに常連のお客さまに聞かれるの。鈴木さんはいないんですか？って」

「そうなんだ？　そんな話聞くとまたここで働きたくなる。……突然仕事辞めちゃってごめんね」

申し訳なさそうに謝る私に、彼女は小さく頭を振った。

「こっちは気にしないで。おうちの事情で来られなくなったって支配人が言ってたけど、大丈夫なの？」

支配人は、和久井さんから聞いて私の素性を知っている。

なるほど。支配人は、そういう説明をしたのか。社長の妻なんて言ったらみんな驚くものね。

「ええ、まあ大丈夫。家の方が少し落ち着いたから、みんなの様子を見に来たの。小春さんにもなかなか連絡できなくてごめんね」

本当のことは言えなくて、曖昧に笑ってごまかす。

「寧々さんが大富豪と結婚したって噂もあってね。あっ……その指輪、本当に結婚したの？」

小春さんが私の左手の指輪をじっと見たので、慌てて右手で隠した。

「ああ、そう……結婚したの。それもなかなか連絡できなかった理由のひとつで……」

笑顔で答えてはいても、苦い思いが胸に広がった。

この指輪は愛の証ではない。周囲を騙すための道具だ。

「寧々さんが選んだ人ならきっといい旦那さまなんだろうな」

彼女の言葉を聞いて、鷹臣さんの顔が頭に浮かぶ。

自殺しようとした私を助けてくれた彼。

私の弟にも優しく接する彼。

私を子供扱いしてお酒を飲ませてくれない彼。

彼のすべてが好きだ。

「過保護で参っちゃうけど、とても優しい人よ」

ひとり言のようにそんなことを口にする私に、小春さんはクスッと笑みをこぼした。

「素敵な人なんだね。今度時間が合えば、寧々さんとお茶でもしてじっくり話したいな」

「いいわね。アフタヌーンティーなんてどう？」

私の提案に小春さんが目を輝かせる。

「ぜひぜひ。空いてる日があったら連絡くれる？　あっ、お客さま」

小春さんの視線の先には、団体客がいた。

邪魔にならないよう少し離れてみんなの仕事ぶりを眺める。

辞めて二週間も経っていないのに、ここで働いていたことがずいぶん昔のことのように思えた。

私が抜けても、全然問題なさそうだ。

当然よね。私の代わりなんていくらでもいる。

もう自分は必要ないんだと感じて、少し寂しい気持ちになった。

コーヒーでも飲んでこようかな。

ラウンジに行こうとしたその時、金髪の外国人女性が困惑した様子でフロントの近くに立っているのが見えた。

この様子だと団体客がはけるまでスタッフは対応できないだろう。

差し出がましいとは思ったけれど、近づいて英語で声をかけた。

「なにかお困りですか？」

「宿泊していた部屋にネックレスが落ちていないか確認したいの。母の形見で」

「お調べいたしますので、宿泊されていた部屋の番号とネックレスの詳細を教えていただけますか？」

女性から詳細を聞くと、よく知ったベルボーイを捕まえて事情を説明し、部屋まで付き添ってもらってネックレスを探した。

宿泊客がアクセサリーをなくすことはよくある。実際私も鷹臣さんにもらったネックレスをなくした。彼が見つけてくれたからよかったけど。

女性とベルボーイ、それに私の三人で部屋をひと通りチェックするが、見つからない。

「……ないわね。タクシーの中で落としたかしら？」

がっくり肩を落とす彼女を励ますように言った。

「もう一度探してみましょう」

ベッドの下やシーツ、絨毯の上などを必死になって探す。

「もういいわ。きっとここにはないのよ。探してくれてありがとう」

落胆しつつも私に礼を言う彼女。

まだ諦めたくない。お客さまにとって大事なものだもの。

「待ってください」

そう彼女を引き留めながら、探していない場所がないか考えた。

ベッド周辺は念入りに探した。バスルームやリビングも見た。じゃあ、クローゼットは？　さっき一度開けてみたけれど、下の方までは見なかった気がする。

クローゼットの中を確認すると、レールの隙間になにか挟まっていてキラリと光った。屈んでみると、ダイヤのネックレスだった。

「ありました！」

慎重にネックレスを取り出し、ハンカチで拭いて女性に差し出す。

「ありがとう！　本当にありがとう！」

女性はとても感激した様子でネックレスを受け取ると、私の手を強く握った。

「見つかってよかったです」

にっこりと微笑み、女性と一緒に部屋を出て、フロアのエレベーターホールまで見送った。

エレベーターの扉が閉まると、クスッと笑って顔を上げ、ポツリと呟く。

「本当によかった」

こういう時、充実感がある。

ベルボーイが部屋の片付けをしているので手伝いに戻ろうとしたら、鷹臣さんの従兄である専務が女性の腰に手を回して歩いてくるのが見えて、とっさに近くの観葉植物に身を隠した。

女性は大学生くらいで、ロングブーツにショートパンツという軽装。

明らかにビジネスの相手ではない。

このホテルに専務がたびたび来るのは視察ではなくて、恋人と楽しむためなのだろう。毎晩キャバクラで遊ぶという噂も聞くし、かなりの女好きなのかもしれない。

少しは鷹臣さんを見習って休日返上で働くくらい真面目に仕事をしてほしい。

ふたりでエレベーターで去ると思っていたのだけれど、専務のスマホが鳴って、エレベーターに乗った女性に軽く手を振った彼はその場で電話に出た。

「ああ。で、あの寧々って女の素性はわかったのか？　……ふーん、なるほどな。鷹臣に雇われた可能性が高いか。そいつは面白い」

専務がニヤリと笑って言うので、ゾクッと寒気がした。

私のことを調べているの？

どうしよう。鷹臣さんとの契約結婚がバレたら、彼の立場が悪くなる。

鷹臣さんに報告しないと。

この場からそっと離れようとして、焦って植物につまずいた。

「いたっ！」

声をあげて顔をしかめたら、専務と目が合った。

「お前……」

あっ、まずい。

「どうも」

ニコッと笑ってスタスタとこの場を去ろうとしたら、専務に手を掴まれた。

「待て！　今の話、聞いてたな」

「さあ、なんのことでしょう？　そんなことより腕を離していただけませんか？　痛いです」

やんわりと注意したら、専務はどこかダークな笑みを浮かべた。

「言いたくないならまあいい。だが、どうせ金で鷹臣に雇われたんだろう？　鷹臣と結婚した時、お前はまだ学生だったそうじゃないか」

彼の話に動じず、笑顔を作って言い返した。

「変なこと言わないでください。彼とは恋愛結婚です」

「つい最近まで会っていなかったようだが？」

この男、どこまで私と鷹臣さんのことを調べたのだろう。

「私は今はもう亡くなりましたが父の世話がありましたし、鷹臣さんは海外を飛び回っていましたから、他人にはそう見えたのではないですか？　ご心配いただいてありがとうございます」

なるべく事実を織り交ぜてごまかすが、相手は信じなかった。

「眉ひとつ動かさずに嘘がつけるとはたいした度胸だな。鷹臣の倍出そう。俺の女にならないか？　一生贅沢な暮らしをさせてやる」

金でなんでも思い通りになると思っている。こういう男、許せない。

「意味がわかりません。私は成宮鷹臣の妻です。一兆円積まれても、あなたの女にはなりませんよ。私が愛しているのは彼だけですから」

冷ややかに告げる私に、専務は揺さぶりをかける。

「その忠誠心、褒めてやろう。だが、あいつはどうかな？　本当に愛する女は他にいるかもしれないぞ」

鷹臣さんが本当に愛する女？

含みを持たせたその言い方が気になったが、平静を装った。

「仮にそうだとしても、私の気持ちは変わりません」

「へーえ、それなら、俺がお前を抱いたら、あいつがどうするか試してみようか？」

悪魔のように笑って彼が私に迫ってきたので、掴まれていない方の手で平手打ちしようとしたら防がれた。

「とんだじゃじゃ馬。だが、飼いならすのも一興」

「嫌！」

専務が顔を近づけてきて必死で抵抗したが、体格差があってビクともしない。

ヒールの踵《かかと》で思い切り足を踏みつけると、「うっ！」と専務が呻《うめ》いた。

彼が手を離したのでその隙に逃げようとしたら、肝心な時に身体がよろけた。

「キャッ！」

無様に転ぶかと思ったが、よく知った腕が私を支えた。

「危ない！」

ハッとして顔を上げると、鷹臣さんが心配そうに私を見ている。

「大丈夫か？」

突然の夫の登場に驚きつつもコクッと頷くと、鷹臣さんは専務に目を向けた。

その目は憤怒に燃えていて、殺気を感じた。

「俺の妻に手を出すな。お前を社会的に抹殺するぞ」

花見の時よりももっと怒ってる。空気でさえその怒りで燃やしてしまいそうだ。

「ふ、ふん。誘ったのはこの女だ」

専務は狼狽えながら、私を指差した。

この大ほら吹き。

「口からでまかせを言わないで。死んでもあなたなんか誘わないわ」

冷たく反論すると、専務はぎゅっと唇を噛んで「お前ら偽装結婚のくせに！」と捨てゼリフを吐き、ちょうど来たエレベーターに乗って去った。

「ハーッ、美人すぎる妻を持つと、本当に目が離せないな」

悩ましげに呟く鷹臣さんの腕を掴み、少し焦りながら彼に伝えた。

「そんなことより大変！　専務が私と鷹臣さんの結婚のことを調べてるんです！」

「落ち着けよ、寧々。大丈夫。調べたところでなにもできない」

「でも、専務は私が鷹臣さんに金で雇われたって思ってて……。実際、私は鷹臣さんに多額の援助を受けてるし……。さっきだって偽装結婚だって私たちを罵《ののし》ったわ」

不安になる私の頬に手を当てて、彼は自信満々に告げる。

「俺とお前は夫婦だ。つまり俺の金は寧々の金でもある。どう使おうが俺たちの勝手だ。寧々はなにも心配しなくていい」

「本当に？」

自分のことなら気にしないが、鷹臣さんのことなら話は別だ。

社長の座を追われることになったら……と不安にならずにはいられない。

「ああ。本当だ。俺には和久井だっている。専務になにを言われようがうまく対処できる。俺たちを信用しろ」

鷹臣さんが平然としているのを見て、少し安心した。

万が一専務がなにか仕掛けてきても、彼と和久井さんなら難なく処理するに違いない。ふたりとも有能だもの。

「あの……、どうして鷹臣さんはここに？」

彼が現れなかったら、専務に襲われていたかもしれない。

ホッとして話を変えたら、急に鷹臣さんのまとっている空気がピリピリしだして……。

「父の友人が泊まりに来ていてちょっと挨拶をね。そしたら、和久井から寧々がここに来ているって連絡があったんだ。探しに行こうとしたら廊下で男女が揉めていて、よく見ると寧々と徹だったたって落ちだ」

鷹臣さんはかなりお冠のようでチクリと嫌みを言う。

ああ、私が勝手に出歩いてるから怒ってる。ここは素直に謝ろう。

「ごめんなさい。ひとりで家にいるのが退屈で。でも、どうして和久井さんが私がここにいるって知ってるんです？」

「マンションのコンシェルジュから和久井に連絡がいったんだ。寧々、タクシー呼んでもらっただろう？」

「ああ。なるほど」

鷹臣さんには社長夫人なのだから外出の際はタクシーを使うよううるさく言われている。私は電車やバスで平気なのだが、彼の体面も考えなければいけない。

「今度から本当に護衛でもつけるかな」

彼が本気で考えているようなので慌てて止めた。

「そんなお金かかることやめてください」

護衛なんていくらかかるかわからない。

だが、彼は考えを変えない。

「安全を金で買えるのなら安いものだ」

これだから金持ちは困る。

「勝手な真似をしたのは謝ります。これからはちゃんと家にいますから」

私にこれ以上お金を使ってほしくない。

「じっとできないから出てきたのに？」

鷹臣さんがジーッと私を見据えて聞き返してきて、言葉に詰まった。

「うっ……だって、なにかしていたくて」

「それが寧々なんだよな。まあ、急に生活を変えさせた俺も悪かった」

ハーッとまた溜め息をつく彼に、しゅんとしながら再度謝った。

「ごめんなさい」

「もういい。寧々が無事でよかった」

鷹臣さんが強く抱きしめてきて、胸に温かいものが込み上げてきた。

「なんで顔がニヤけてるんだ？」

「鷹臣さんが心配してくれてるのがなんだか嬉しいんです」

「脱力するようなセリフ言うなよ。そんな困った妻にはちゃんとお仕置きしないとな」

その不穏な言葉に身体がゾクッとする。

「お、お仕置きって？」

鷹臣さんの胸に手を当て、少し警戒しながら確認したら、彼はチラッと腕時計を見てキメ顔で笑う。

「次の仕事までまだ時間がある。妻が無茶をしないよう躾《しつ》けるのは夫の役目だ」

この笑顔、怖いんですけど。それに、そんな役目聞いたことがない。

危険を察して鷹臣さんの抱擁を解こうとしたら、彼が私を抱き上げた。

「ちょっと……変な理由つけて楽しみたいだけでしょ！」

このパターンは要注意だ。たいてい鷹臣さんに抱かれて翻弄される。

「心外だな。寧々が心配なんだよ。これは夫の愛情」

面白そうに目を光らせる彼をギロッと睨みつけた。

「目が笑ってますよ。誰かスタッフに見られたら、なんて言い訳するんです？　降ろしてください」

「言い訳なんてする必要ない。見られたとしても、知らないふりをされるさ」

抗議する私に構わず、彼は再会した夜に泊まったスイートルームに私を運ぶ。

「あの夜からこの部屋をキープしてるんだ。他の客に使われるのがなんとなく嫌でね」

鷹臣さんの言葉にちょっと感動したが、ほだされてはいけない。

「だから自分のお楽しみのためでしょ？」

スーッと目を細めて鷹臣さんを見据えたら、彼は極上の笑みを浮かべて今度は認めた。

「寧々が魅力的すぎるのがいけない。俺は寧々に飢えてるんだよ」

私のスーツのジャケットを脱がしながら、甘く口づける鷹臣さん。

いけないと思いつつも、彼の誘惑に抗えなかった。

予兆

ピピッ、ピピッと目覚まし時計のアラームが鳴って、パチッと目を開けると同時に音が止まった。

自然に止まったのではなく、鷹臣さんが止めたのだ。

いつも彼は寝起きがよくて、すぐに目覚まし時計を止める。

「おはよ」

彼がチュッと羽根のようなキスをしてきて、完全に目が覚めた。

鷹臣さんと一緒に暮らし始めて一カ月以上経ったけれど、この朝の始まりにいまだに戸惑いを感じる。

朝からクラシック音楽が流れそうなほど完璧な朝。

目は覚めたが、これは夢なんじゃないかと疑ってしまう。

「おはよう」

条件反射で挨拶を返して、鷹臣さんと一緒にベッドを出て身支度を整えると、私はキッチンへ。

廊下にはパンの匂いが立ち込めている。

昨夜セットしておいたホームベーカリーのパンが焼けたのだ。

いつもはいい匂いだと思うのに、最近はなんだか胸がムカムカする。

なんでだろう。どこか身体悪いのかな。

考えてみたら、今年はまだ健康診断を受けていない。病院を予約しないとね。

そんなことを考えながらエプロンをつけて朝食の準備をする。

ベーコンエッグを作っていると、余計に気持ち悪くなって、しばらく息を止めた。

「どうした？　顔色が悪いけど」

ネクタイを締めながらキッチンにやってきた鷹臣さんが、私を見て怪訝な顔をする。

「なんでもないです。ちょっと風邪引いたみたいで」

笑顔を作ってそんな返答をしたら、彼が身を屈めて私の額に自分の額をコツンと当てた。

「うーん、ちょっと熱っぽいかな。今日は家で休んでいた方がいいんじゃないか？」

こんな些細なことにドキッとしてしまう私。

熱っぽいとしたら、それは鷹臣さんのせいだ。彼に触れられるだけで、身体が熱くなる。

「大丈夫です。全然元気だし、働くの好きだから」

ニコッと笑って朝食の準備をする。

専務の一件があってから、私は丸の内にある鷹臣さんのオフィスに行くことが増えた。

彼やおじいさまの来客の相手をさせられることが多いが、これが思いの外楽しくて私の天職のように感じる。もともと接客をしていたからかもしれない。

和久井さんを手伝って事務仕事をする時もあるけれど、やはりお客さまの相手をするのが一番やり甲斐《がい》がある。

どうやっておもてなししようかいろいろ考えて、そのために茶道や華道も習い始めたのだが、これがまた面白い。

私の先生は鷹臣さんのおばあさま。本当の孫のように思ってくれていて、丁寧に指導してくれる。

今、いろんな出会いがあって、いろんなことを学べてとても幸せだ。

「なに笑ってるんだ?」

不意に彼に聞かれ、首を傾げる。

「え? 私、笑ってました?」

「ああ。今日はなにか楽しいことあったっけ？」

「仕事に行くのが嬉しいんです。家にいるとなにしていいかわからなくなるから」

「最近、じいさんとばあさんも寧々に会う日はご機嫌だよ。あまり説教じみたことは言わなくなった。早くひ孫を抱きたいとは言われるが」

鷹臣さんの話を聞いて、「ああ」と相槌を打つ。

私も会うたびにおじいさまとおばあさまに『ひ孫が欲しい』と言われる。

ハハッと笑ってごまかすしかなくて、ふたりには申し訳ない気持ちでいっぱいだ。

私は鷹臣さんの本当の嫁ではない。だから、ひ孫を抱かせてあげることはできないけれど、ふたりには私なりのやり方で恩返しをしたい。

用意した朝食は、結局つついただけであまり食べられなかった。

「食欲もないのか。今日は無理するなよ」

鷹臣さんが少し心配そうな顔をするので、彼が安心するような理由を考えた。

「昨日ステーキ食べたから胃もたれしてるんですよ。私も年取ったのかも」

お腹をさする私の頭を彼が指でつつく。

「こらこら二十三歳でそんなセリフ言うなよ。二十八歳の俺はどうなる？」

「大丈夫。鷹臣さんはまだまだ若いですよ。私より全然体力あるじゃないですか。夜だって……あっ！」

彼が夜激しく私を求めることを言いそうになって慌てて口を噤《つぐ》む。

「夜だってなに？」

鷹臣さんが私を腕の中に囲い込み、セクシーボイスで問いかけてきたものだからゾクゾクッとした。

「な、なんでもない」

夜の話をしたら絶対私を誘惑するに決まってる。

「なんでもなくない。とっても気になるな」

唇と唇が触れそうな距離で、ニヤリとする彼。

トクンと心臓が大きく高鳴る。

魅惑的な瞳。

ギリシャ彫刻のような端正な顔立ち。

彼に迫られてノーと言える女性はいないだろう。

この人は、自分の魅力を熟知している。

日中くらいこの尋常じゃない色気を封印しておいてほしい。

「気にしなくて結構です」

鷹臣さんの誘惑に必死に抗おうとするが、彼が意地悪く私を責める。

「自分から言っておいて途中でやめるのはズルいだろ？」

「ごめ……んん！」

謝ろうとしたら鷹臣さんが唇を重ねてきて、声にならなかった。

下唇を角度を変えて甘噛みされ、身体の力が抜ける。

彼がそんな私を支えながらキスを深めてきて、なにも考えられなくなった。

心も身体も蕩けそう。

彼のキスには、魔力がある。

こうなると、自分では拒否できない。

鷹臣さんが舌を絡めてきたその時、インターホンが鳴って現実に戻った。

「……和久井か。タイミング悪いな。ちょっと待ってもらおうか」

キスを止めて苦笑いする彼の口に手を当てた。

「ダメ。もう行かないと」

「残念。誰か俺のコピーロボット作ってくれないかな」

渋々抱擁を解く彼に、厳しく言った。

「堕落しますよ」

「寧々とならどこまでも落ちていいけど」

甘い目をして微笑む彼にドキッとした。

どれだけ私を誘惑したら気が済むのだろう。朝からこれでは私の心臓がもたない。

「あー、はいはい。そんな軽口言ってないで、自分の顔チェックしてください。口紅ついてますよ」

彼が「ああ」と頷いて手で口紅を拭うが、その仕草がとってもセクシーで見惚れてしまう。

ホント、目の毒。

しばらくひょっとこのお面でも被っていてくれないだろうか。

私も鏡で身だしなみをチェックして鷹臣さんと一緒に玄関に向かうと、和久井さんがいて「おはようございます」と挨拶された。

私がここに住む前までは、和久井さんは部屋まで上がって鷹臣さんを起こしていたそうなのだけれど、今は私と鷹臣さんのプライベートを考慮しているのか玄関で待機している。

周りへの気配りが行き届いていて、私も和久井さんを見習いたい。

「おはようございます。お待たせしてしまってすみません」

和久井さんに謝ると、彼は優しい目で頭を振った。

「大丈夫ですよ。まだ余裕ありますから。今日のそのスーツ、よくお似合いですね」

今着ているのはノーカラーのツイードのスーツ。光沢感があって、肌の露出もなくとてもエレガントで気に入っている。

「和久井さんのチョイスがいいんですよ。シルエットも綺麗で、私も好きです」

彼のセンスを褒めたら、意外な言葉が返ってきた。

「購入の手配は私がしましたが、選ばれたのは鷹臣さまですよ。寧々さまの服はすべて鷹臣さまが選びました」

にっこりと私に微笑む和久井さん。

「和久井！」

鷹臣さんが珍しく焦った顔で注意するが、和久井さんが構わず話を続けた。

「『寧々はこういうのが似合う』ってそれはそれは楽しそうに選ばれたんですよ」

鷹臣さん、そんなこと言って選んでくれたんだ。

嬉しくて顔がニヤけそうだ。

「このおしゃべりめ」

鷹臣さんがギロッと睨みつけると、和久井さんは楽しそうに笑った。

「すみません。寧々さまが私を褒めてくださるのが心苦しくて」

「ずっと和久井さんが選んでくれたのかと思ってました。言ってくれたらよかったのに」

笑って鷹臣さんに文句を言ったら、照れているのか視線を逸らされた。

「どんだけ独占欲強いんだって引かれても困るからな」

ちょっと困惑顔の彼がかわいい。

「ありがとう。どれもすごく素敵」

嬉しくて破顔する私に鷹臣さんは顔を近づけ、和久井さんに聞こえないように囁いた。

「感謝の気持ちは、今夜ベッドで示してほしいな」

その甘い囁きにドキッとする。

「もう、鷹臣さん！」

バシッと鷹臣さんの背中を叩いたら、和久井さんに笑われた。

「仲がよくて羨ましいです。私も結婚したくなりました」

和久井さんのコメントに顔の熱が急上昇する。

恥ずかしくてなにも言えない私の代わりに、鷹臣さんが言い返した。

「お前が女にメロメロになるところ見てみたいよ」

その後、オフィスに行き、午前中は来客対応に追われた。

午後は鷹臣さんが経済界の会合に出席するため、私はひとりお義父さまのお見舞いへ――。病室のドアをノックすると、百合さんが迎えてくれた。

「寧々さん、いらっしゃい。鷹臣くんから寧々さんが来るって連絡があって、そろそろかなって龍臣さんと話してたところなの」

「お待たせしてしまってすみません。オフィスを出る直前に電話がかかってきてしまって。これ、どうぞ」

病院に来る前に寄った花屋で買った花束を渡した。

「あら、ありがとう。素敵なお花」

百合さんが洗面所で花を活けている間に、私はベッドにいるお義父さまのもとへ向かう。

ここに来るのはもう何度目だろう。三日に一回は来ている気がする。自分の父がもういないから、お義父さまになにかしてあげたいのだ。とはいっても、私にできるのは話し相手になるくらいで、たいして役には立たない。それでも単調な入院生活が少しでも変われればと思う。

お義父さまは、最初に会った時よりもかなり痩せた。

でも、顔に出してはいけない。

「こんにちは。今日はとっても天気がいいですね」

笑顔で挨拶すると、お義父さまも私を見て頬を緩めた。

「ああ。寧々さんが来てくれて嬉しいよ。父や母ともうまくやっているそうだね」

おそらくおじいさまやおばさまもちょくちょくお見舞いに来るのだろう。

「本当の孫のようにかわいがってもらっています」

にっこりと笑ってそう返したら、百合さんがお見舞いの花を窓際に飾りながら拗《す》ねた口調で言った。

「羨ましいわ。私にはとても厳しいのよ」

「それだけお付き合いが長いからだと思いますよ。私も早く怒られたいです」

おどけて言う私を見て、百合さんがクスッと笑った。

「寧々さんってポジティブね。鷹臣くんが惚れるのも納得だわ。それに、成宮家の番犬のウィル、アレクも寧々さんにメロメロって話じゃない。あの子たち、私には見向きもしないのよ」

百合さんの話にお義父さまが静かに相槌を打つ。

「ああ。その話、じいさんが言ってたな。うちの番犬が懐くってことは寧々さんを主人だと認めたんだろうって」

ウィル、アレクも私を見るたびに尻尾を振って寄ってくるけれど、それは最初に会った時に私が鷹臣さんと一緒にいたからだと思う。

鷹臣さんの命令は絶対に聞いて、彼の前ではまるで忠実な下僕のようにキリッとしている。でも、私が相手だと子犬のようになるのだ。

「主人だなんて。ただ私に甘えてくるだけです。ここをマッサージしろって催促してきたり。主人というよりは家来ですね」

謙遜ではなく本気でそう思うのだが、お義父さまの見解は違った。

「触らせるってことは信頼してるってことだ。あの子たちにそう思わせるなにかが寧々さんにはあるんだろう」

「なにもないんですけどね」

あるとすれば、私の寂しさを知って慰めてくれているのかもしれない。

「ねえ、アルバムがあるんだけど見る？　寧々さんが興味あるかと思って持ってきたの。鷹臣くんの小さい頃の写真とかいっぱいあるわよ」

百合さんが棚からアルバムを出して掲げてみせたので、ニコッと微笑みながら返事をした。

「ぜひ見たいです」

鷹臣さんのマンションには、彼の幼少時代を知るものはなにも置かれていない。彼がどういう風に育ってきたのか興味がある。というか、知りたい。

椅子に座って、お義父さまや百合さんの説明を受けながらアルバムを見る。

ある写真を百合さんが指差して目を向けた。

それは、小学生くらいの女の子がかわいい赤ちゃんにミルクをあげている写真。

「この赤ちゃん、鷹臣くんよ」

「鷹臣さんて、赤ちゃんの頃からこんなに顔が整っていたんですね。目ぱっちりしてる。女の子の方は百合さんですか？」

私が尋ねると、彼女は笑みを浮かべながら答える。

「そう。うちの母が昔でいう乳母《うば》だったんだけれど、それで私もよく鷹臣くんにミルクあげてたの」

「いい写真ですね」

きっと百合さんにとって大事な思い出なんだろうな。姉と弟みたいだもの。

ニコッと微笑んで、他の写真も見ていく。

お宮参りなのか、赤ちゃんの鷹臣さんを抱いている和服姿の女性の写真もあった。

色白で綺麗な人。鷹臣さんに口元がなんとなく似ている。

「この方は、鷹臣さんのお母さまですか？」

私が尋ねると、お義父さまが答えた。

「ああ。身体が弱くて、鷹臣が小学生の頃に亡くなったがね」

「そうなんですか。美人ですね」

鷹臣さんはあまり家族の話をしない。お義父さまが再婚されているから、彼の実母の話はタブーなのかと思って私も触れないようにしていた。でも、こうして鷹臣さんの母親の写真を見て安心した。

優しいお母さんだったんだろうな。

鷹臣さんと一緒に遊んでいる写真も何枚かあって、母の息子への愛を感じられた。

写真を見れば、鷹臣さんがどんなに幸せだったかわかる。

ご両親の愛情を一身に受けて育ったのだろう。

小学校の入学式、運動会、遠足、卒業式。写真の中の鷹臣さんはいつも満面の笑みだった。

中学の写真になると、だんだん今の鷹臣さんに近くなって、クールな眼差し。鷹臣さんと百合さんが水着姿ではしゃいでいる写真や浴衣を着てスイカを食べている写真などふたりが仲睦《なかむつ》まじい様子のものが何枚もあって、ちょっと胸がざわついた。

姉と弟というより……。

「まるで恋人みたい……あっ！」

ついそんな感想を言ってしまい慌てて手を口に当てたら、百合さんとお義父さまがふふっと笑った。

「鷹臣くんと一緒にいるとよく言われたわ。彼、実際の年齢より大人びていたし」

「一緒に住んでいて仲がよかったからな」

ふたりとも私の不用意な言葉をあまり気にしてなかったので、ホッとした。

続けて写真を見ていくが、高校生になると、写真の枚数が極端に少なくなって四枚しかなかった。しかも、どの写真も鷹臣さんはカメラ目線ではない。

最後にあった成宮家の集合写真では、彼は髪を金色に染め、耳にはピアスをしていた。

「これは学生服を着てるから高校時代ですよね？　髪を染めてた時代があったんですね」

モデルみたいに似合っているけれど、目に生気が感じられない。

てっきり鷹臣さんは学生時代はずっと品行方正だと思っていた。

「その頃は私と龍臣さんが結婚して、いろいろあったの。私が義理の母になるのが嫌だったんだと思うわ」

百合さんの話を聞いて、専務の言葉がふと頭をよぎった。

『本当に愛する女は他にいるかもしれないぞ』

専務は私を動揺させるために言ったのかもしれないが、ひょっとしたらその『愛する女』というのは、百合さんのことではないのだろうか？

だから彼は、お義父さまと百合さんの結婚を受け入れられなかったのでは？

ううん、私の考えすぎよ。

でも、最初に百合さんに会った時、彼女は鷹臣さんに思い切り抱きついた。姉弟のように育ったとはいえ、私と拓海は大きくなってからそんな風に抱き合うことはない。

いろんな姉弟の形があるとは思うけれど……ふたりは血も繋がっていない。

鷹臣さんの写真を見ながら考え込んでいたら、お義父さまの声が聞こえてハッと我に返った。

「鷹臣はお母さん子だったからなあ。あの頃は外泊も多くて、よく和久井に探しに行かせてたよ」

鷹臣さんと和久井さんは上司と部下だけど、ふたりはもっと強い絆《きずな》で結ばれている。それは、やはり付き合いが長いからなのだろう。

たまに兄と弟みたいに見える時があるもの。

「そうなんですね。今の鷹臣さんからは想像つかないですけど」

「男の子はいろいろ馬鹿なことをして大きくなる。私も若い頃はバイクを乗り回してよくじいさんに叱られたよ」

お義父さまのエピソードを聞いて、「やんちゃだったんですね」とクスッと笑ってみせたが、心の中はまだもやもやしていた。

「その頃の写真を見せてって頼んでも、龍臣さん絶対に見せてくれないのよ」

わざと拗ねてみせる百合さんに、お義父さまが茶目っ気たっぷりに微笑んだ。

「私の黒歴史だ。もう写真なんて全部処分していて残ってないよ。うちの家系は、男の子を持つと大変かもしれないな」

ハハッと笑うお義父さまを百合さんが注意した。

「ダメよ、龍臣さん、そういうのプレッシャーになるのよ」

「ああ。そうだったな。寧々さん、すまない」

ふたりは年の差はあるけど、とてもお似合いだ。

鷹臣さんが百合さんを好きなんてやっぱり私の考えすぎ。

「いいえ。気にしないでください」

私に目を向けるお義父さまに小さく微笑んだ。

男の子か。鷹臣さんの子なら、男でも女でもかわいいだろうな。

彼の子を生める女性が羨ましい。

私と離婚したら、鷹臣さんには今度こそ好きな人と結ばれて幸せになってほしい。

私にできる恩返しなんて、彼の幸せを祈るくらい。

でも、彼が愛する女性にちょっとは嫉妬するかもしれない。

私と鷹臣さんは契約で結ばれた関係で、そこに愛はないから――。


その後、百合さんと庭を散歩していたら、いつの間にか日が暮れてきた。

「今日は来てくれてありがとう。寧々さんが来たせいか、龍臣さんいつもより体調がよかったみたい」

明るく笑う彼女の言葉に小さく相槌を打つ。

「そうですか」

「もう手術もできなくて、緩和ケアしかできない状態なの。毎朝起きるたびに、彼が逝《い》ってしまうような気がして怖いわ」

自分の肩を抱く彼女。

会うといつも笑っているけれど、やはり不安なのだろう。

「私も父の看病をしていた時、同じように感じていました。父の場合は、植物状態でもう話もできませんでしたけど」

もうすぐ死ぬとわかっている人を間近で見ているのはつらい。

「龍臣さんは、私にとって父でもあったの。使用人の娘だった私を娘のようにかわいがってくれて……私には父がいなかったから、嬉しかった。それに鷹臣くんもいて、ずっとふたりと一緒にいたいって」

「時が止まってくれたらいいのに……」

私も鷹臣さんといるこの時間を止められたら。

ひとり言のように呟く私を見て、百合さんが「そうね」と頷いた。

「私……龍臣さんの子が欲しかった。どんなことをしても欲しかった。彼の子を授からなかったことが悔しくて」

こういう時、なんて言葉をかけていいかわからなくなる。

「好きな人の子なら欲しいですよね……あっ」

ある可能性が頭によぎって、顔から血の気が引いた。

子供……。

最近体調に異変を感じるのは、私が妊娠してるから？

でも、私はピルを飲んでいる。

……いや、鷹臣さんと暮らし始めてから飲むのを忘れた時もあった。

そういえば、まだ生理がきていない。

「寧々さん、顔が真っ青だけどどうしたの？」

急に百合さんの声がして、慌てて言い繕った。

「な、なんでもないです。今朝急いでいてちょっと忘れてたことを思い出して」

「本当に？　ひょっとして、妊娠できなくてつらいとか？　もう結婚して五年経つんですもの。そろそろ欲しいわよね」

百合さんに同情されるが、頭の中がごちゃごちゃで、「……そうですね」としか返せなかった。

私は……妊娠しているのかもしれない。

どうしよう。私は鷹臣さんの子を生んじゃいけない人間なのに。

「……私、帰ります」

「え？　でも、鷹臣くんから後で迎えに来るって連絡が……」

百合さんがそう言った時、鷹臣さんの声がした。

「寧々！　帰ろう。親父に聞いたらここじゃないかって」

夕日をバックにしてこちらに歩いてくる彼が眩しくて目を細める。

「鷹臣さ……ん」

どんな顔をして彼と顔を合わせればいい？

夫の登場に私が狼狽えていたら、横にいた百合さんが急に駆け出して鷹臣さんに抱きついた。

「鷹臣くん、意外に来るの早かったわね」

ふたりの姿を見て、身体が強張った。

ショックだったんだ。写真を見たせいもあるけれど、こうしてふたりが抱き合っているのを目の当たりにすると、やはり恋人同士に見えてしまう。

「ああ。次の予定もあるから」

鷹臣さんがそう言葉を返しながら百合さんから離れ、「さあ、帰ろう」と我が物顔で私の腰に腕を回してきた。

「今度みんなで食事しましょうね」

帰り際に百合さんに声をかけられたが、私は動揺していてなにも言えず、鷹臣さんが「そのうちに」と返した。

「寧々、顔色が悪いな」

私の様子がおかしいことに気づいたのか、彼が私の顔を覗き込んで表情を変えた。

「大丈夫」

声を出すのが精一杯で明るく振る舞えない。

頭の中は赤ちゃんのことや百合さんのことで混乱していた。


鷹臣さんは私をマンションまで送ると、パーティーに出席するためにまた家を出た。

本当なら私も一緒に行くはずだったが、彼に家で休むよう強く言われたのだ。

しばらくひとりになる時間ができてホッとしたものの、のんびり寝ているわけにはいかない。

マンションを出て近所にあるドラッグストアに向かい、妊娠検査薬を買った。

私には縁のないものだと思っていた。

マンションに戻ると、説明書を読んですぐにトイレですぐに確認する。

説明書通りに一分経って判定結果を見たら、ピンクの線が二本くっきり出ていて、心臓が止まりそうなほどの精神的なダメージを受けた。

「う……そ」

私、妊娠している？　いや、使い方を間違えたのかもしれない。

時間を置いてもう一度試したが、結果は同じ。身体から力がストンと抜けて、トイレを出ると床に座り込んだ。

病院に行かないと正確なことは言えないけれど、私は妊娠している可能性が高い。

パンの匂いに反応したのは悪阻《つわり》の症状だとすれば合点がいく。

「ああ……どうしたらいい？」

鷹臣さんには絶対に言えない。

ピルを飲んでいると言ったのは私だ。

私が妊娠していることを知れば、彼は責任を感じて離婚しないと言うに決まってる。

彼を縛ってはいけない。絶対に内緒にしなければ。

そう決めてゆっくりと立ち上がる。

「まずこの検査薬を処分しないと」

これを見られたら、もうどんな言い訳も通用しない。

検査薬を紙袋に入れ、他のゴミと一緒にまとめてマンション内のゴミ置き場に出す。

部屋に戻るが、食欲もなくソファに横になった。

今は平らなお腹。ここに鷹臣さんの赤ちゃんがいるの？

お腹に手を当ててじっと見つめる。

悪阻以外は、妊娠している実感なんてない。

でも、お腹は徐々に大きくなるだろうし、悪阻だってこれからひどくなるかも。

いつまでも鷹臣さんに隠してはおけない。

なるべく早く出ていかないと――。

ああ、これからどうすればいい？

もとの家には戻れない。同じマンションに住んでいるのだから、鷹臣さんにすぐ子供のことがバレる。

かといって都内で新たにアパートを借りるのは大変だ。仕事をしていないと、貸してもらえないだろう。

身重な女を雇う会社なんてない。頼れる身内もいない。

ここを出たら、私にはどこにも行く場所がないのだ。

急に胸が苦しくなってきた。

父が事故に遭った時と同じだ。どう生きていけばいいのかわからない。

「ダメだ。考えれば考えるほど……苦しい」

底なし沼に落ちていくような感じがする。目を閉じてなにも考えないようにしても、やはり不安でこれからの生活を思案してしまう。

「どうすればいい……？」

自問自答するが、答えなんて出ない。

ソファから立ち上がり、窓を開けてベランダに出た。

もう五月だけれど、夜は薄着だと肌寒い。高層階に住んでいるせいか、外は静かだ。

夜空に浮かぶ月をしばらく眺めていたら、突然背後から鷹臣さんに声をかけられてビクッとした。

「寧々、ベランダにいたのか。部屋にいないからどこに行ったのかと思った。あまりビックリさせるなよ」

ベランダに出てきた彼に小声で謝った。

「……ごめんなさい。意外に早かったですね」

「つまらない会だから、挨拶だけして帰ってきた」

スーツのジャケットを脱いで私の肩にかける彼に、クスッと笑って言った。

「てっきり美女に囲まれてなかなか帰ってこないかと」

パーティーに行くと、彼は必ず女性に囲まれる。

それを見て嫉妬はしない。彼なら当然だと納得してしまう。

「うちに世界一の美女がいるからな。さあ、中へ入ろう。身体が冷えてるじゃないか」

「鷹臣さん、メガネかけた方がいいんじゃないですか？」

「視力はいいから必要ない。ところで夕飯はなにか食べたのか？」

その質問にギクッとしつつも、動揺を隠しながら答えた。

「ええ。適当に」

つっこまれたらどうしようかと思ったが、彼は私を連れてリビングに戻る。

「風呂沸かしてくる」

バスルームに行こうとする彼の手を掴んで止めた。

「私が沸かしてきます。鷹臣さん疲れてるでしょう？」

「疲れてるのは寧々だ。まだ顔色が悪い。無理するなよ」

鷹臣さんは私をソファに座らせると、リビングを出ていった。

このままではまずい。この状態が続けば、絶対に変に思われる。

鷹臣さんに妊娠のことを気づかれる前に、離婚届に判を押して出ていくべきなのかもしれない。

明日、病院に行って妊娠が確定したら、役所に離婚届をもらいに行こう。

鷹臣さんに嘘をつき続けるなんて耐えられないもの。

「この結婚指輪ともお別れかもしれない」

ポツリと呟いて、じっと左手の結婚指輪を見つめた。


翌朝、目が覚めると、鷹臣さんはもうスーツ姿で家を出るところだった。

「嘘。寝坊した」

彼はちゃんと起きて支度をしてるのに、朝食も作らずに寝ているなんてだらしない嫁だ。

ショックで落ち込む私の頭に鷹臣さんが優しく手を置く。

「ぐっすり眠ってたから起こさなかった。今日は俺は会合続きで来客予定はないし、寧々はゆっくり休め」

「ごめんなさい」

なにをやってるんだろう。

私、彼に心配ばかりかけて、全然役に立ってない。嫁失格だ。

「自分を役立たずとか思うなよ。新しい生活が始まって疲れが出たんだろう。寧々は頑張りすぎだ。もっと俺を頼れよ」

自分の気持ちを彼に言い当てられてドキッとする。

「ありがとう」

私が礼を言うと、彼はチュッとキスをして「行ってくる」と告げて家を後にした。

彼が疲れのせいだと思ってくれているなら都合がいい。

身体は気だるいがずっと寝ているわけにはいかず、起き上がってベッドを出た。

まずは病院に行かないと。

スマホで産婦人科を探し、非常口からマンションを出た。

エントランスの受付を通ったら、鷹臣さんに行き先を知られると思ったのだ。

スマホもＧＰＳ機能がついているからマンションに置いてきた。

病院に着いて医師の診察を受けるが、待合室に戻って結果を待つ間は生きた心地がしなかった。

「成宮さん」と呼ばれて診察室に入ると、医師ににこやかに結果を告げられた。

「おめでとうございます。妊娠していますよ」

驚きはしなかった。

病院に来たのは、赤ちゃんが私のお腹にいるか確認するため。

「ありがとうございます」

条件反射で礼を言うと、病院を出て役所に向かう。

視界が、すべて灰色に見える。

私の幸せは、永遠に続かない。……これで終わった。

もう鷹臣さんとは一緒にいられない。荷物をまとめて出ていかないと。

離婚届をもらってマンションに帰り、すぐに自分の名前を記入するが、手がブルブルと震えた。

【成宮寧々】

もうこの名前で呼ばれることも、書くこともなくなる。

彼と過ごした日々は、とても楽しかった。

でも、待って。本当にこれでいいのだろうか。赤ちゃんから父親を奪っていいの？

鷹臣さんに正直に言うべきじゃない？

何度も何度も自問自答して考える。

ひとりでは冷静な判断ができそうになかった。

離婚するにしても、鷹臣さんは子供のことを知るべきかもしれない。

私は彼に憎まれてもいい。でも、生まれてくる子供から父親を奪ってはいけない。

彼が帰ってきたら打ち明けよう。

そう決めた時、スマホが鳴った。画面を見たら、鷹臣さんからの着信。だが、今は電話に出る勇気がなかった。着信音が怖い。

「……お願いだから早く止まって。私を苦しめないで」

両耳を手で塞ぎながら、音が鳴りやむのをじっと待つ。

今は彼と普通に話せる自信がない。もう少し心を落ち着かせる時間が欲しい。

電話が鳴りやむと、今度は彼からＬＩＮＥが届いた。

指で操作してこわごわメッセージを開く。

【寧々、父が亡くなった。お義父さまが亡くなった。今日は帰りが遅くなる】

「う……そ。お義父さまが亡くなった？」

昨日は笑顔で話していたのに……。

まるで終わりのない悪夢を見ているかのようだ。

メッセージを見て、しばらく放心していた。

父の遺言 ― 鷹臣side

「あれ、寧々は?」

仕事を抜けて父が入院している病院に行くと、病室には父しかいなかった。

「多分中庭じゃないかな。百合と一緒に出ていったんだ」

俺に目を向け、穏やかに微笑む父。先週来た時よりも痩せたような気がする。

「そう。今日は顔色がいいな」

できるだけ元気づけるが、父は遺言めいた言葉を口にする。

「寧々さんに会ったからだろうな。美人だから目の保養になる。それに、彼女はとてもいい子だ。絶対に離すなよ。大事にしてやれ」

「言われなくてもそうする」

ニッと笑う俺に、父は義母のことを伝えた。

「もし私が死んでも、百合のことは心配しなくていい。彼女にはかなりの額の金を残すつもりだ」

「はいはい。わかったよ」

「鷹臣、百合に惑わされるな。お前は寧々さんと幸せになれ」

父の顔が真剣でハッとした。

惑わされるなとはどういう意味だろう。病気で変なことを考えてしまうのだろうか。

「信用ないな。義理の母親に手は出さない。そんな心配するなら、孫を抱くまで生きていろよ。じゃあ、また」

そんな軽口を叩いて病室を出る。

死に近づいている父を見るのがつらかった。

父は自分の死期が近いことを知っている。

中庭に向かうと、月桂樹の木の近くに寧々と百合さんがいた。

「寧々！　帰ろう。親父に聞いたらここじゃないかって」

寧々に声をかけるが、俺の方に目を向ける彼女はなんだか元気がないように見えた。

「鷹臣さ……ん」

寧々に気を取られていたら、また百合さんに抱きつかれた。

「鷹臣くん、意外に来るの早かったわね」

「ああ。次の予定もあるから」

妻である寧々の前でも相変わらずべたべたしてくる義母に少し苛立ちながらも、穏やかに言ってすぐに離れ、寧々を捕まえてその腰に手をやった。

「さあ、帰ろう」

寧々を気遣うように言うと、百合さんがにっこり笑って俺たちに声をかけてきた。

「今度みんなで食事しましょうね」

いつもなら寧々が笑顔で『ええ』とか答えそうなのに、今日はなにも言わず、うつろな表情のまま。

俺が「そのうちに」と百合さんに返事をし、寧々を連れて病院を後にする。

家に帰る車の中でも寧々は元気がなかった。

なにも話さず窓の外に目を向けている彼女をじっと見つめる。

「寧々、顔色が悪いな」

やっぱりどこか体調が悪いのだろうか。

「大丈夫」

寧々が小声で答えたが、その言葉を信じてはいけない。

彼女はたとえ高熱があっても『大丈夫』と答える。そういう女性だ。

自宅マンションに連れて帰ると、寧々に命じた。

「夜は家でゆっくり休め。パーティーは俺ひとりで参加するから」

「本当に平気だから。出席するわ」

彼女が従わないので、わざと冷ややかに告げた。

「会場で倒れたりしたら、先方に迷惑がかかる」

チクッと胸が痛んだが、彼女が言うことを聞かないのだから仕方がない。

「わかりました」

抑揚のない声で返す彼女。

反論してこないということは、彼女自身、体調が悪いと自覚しているのだろう。

「寧々、ひとりで頑張らなくていい。もうひとりじゃないんだから。わかるな?」

寧々の頬に両手を添えて言い聞かせる。

こう言っても彼女は納得しないだろう。だが、何度でも伝えて自覚させるしかない。

「はい」と彼女が返事をしたものの、その声は弱々しかった。

寧々を置いてパーティーに行くが、ひとりで出席するのは久しぶりで、なにか寂しさを感じた。いつの間にか寧々がいるのが当たり前になっていたのかもしれない。

彼女の体調が心配で、顔だけ出してマンションに帰る。

「では、明朝は七時半にお迎えにあがります。寧々さま、早く体調がよくなるといいですね」

車を降りてマンションのエントランスまで俺を見送る和久井の言葉に小さく頷いた。

「そうだな。環境が変わって疲れが出たのかもしれない。明日も少しでも体調が悪そうなら家で休ませる。じゃあ」

和久井に軽く手を振り、エレベーターホールでエレベーターを待っていたら、寧々の弟の拓海くんがやってきた。

「あっ、鷹臣さん。こんばんは」

ダークグレーのコートにジーンズ姿の彼が挨拶してきて、にこやかに微笑んだ。

「やあ、拓海くん。大学の帰り？」

「ええ。今日はずっと研究室にこもってて。姉は一緒じゃないんですね」

「ちょっと体調が悪くて家で休ませてる。新しい生活でいろいろ疲労が溜まっていたのかもしれない。それでも大丈夫って彼女言い張るんだ」

彼ならわかってくれると思って、ちょっと寧々のことを愚痴る。

「姉はずっと家族を支えてきましたから、弱音を吐くとか知らないんですよ。僕が高校生の時は、風邪で熱があっても弁当を作ってくれたり。あの……」

少しためらったような顔をする彼に先を促した。

「なに？」

「姉は鷹臣さんとの結婚、まだ一時的なものと思ってるようなんですけど。この前、僕がいつか結婚するから自分の人生考えないと……とか、おひとりさま生活とかひとりでぶつぶつ言ってて」

拓海くんの話を聞いて、寧々が俺に壁を作っている理由がはっきりわかった。

「ああ。多分、寧々は成り行きで結婚の契約が延長になったと思い込んでいるんだろうな」

俺の父の病気のこともあったから、余計にそう思っているのかもしれない。

拓海くんには最初に会った時に、寧々のことは必ず幸せにすると約束していて、俺が彼女に本気であることは伝えていた。

弟は理解してくれたのに、当の本人はまだ俺が愛していることに気づいていない。

「なるほど。姉さん、ひとりで考えて突っ走っちゃうところあるから」

「心配かけてすまない。お姉さんのことは一生大事にするから」

「いろいろ頑固なところがある姉ですが、よろしくお願いします」

拓海くんが俺に頭を下げる。ホント、姉思いのいい弟だ。

一緒にエレベーターに乗ると、彼の部屋のフロアで別れ、自分の部屋に帰った。

「ただいま」と言って玄関を上がるが、寧々の声がしない。

寝ているのか？

そう思って寝室に行ったら彼女の姿はなく、リビングに向かう。しかし、明かりはついているのに、そこにも寧々はいない。

「どこへ行った？」

玄関に靴があったから家にいるはず。風呂だろうか？

今度はバスルームに探しに行こうとしたが、嫌な予感がして足を止めた。

まさかと思うが、家を出ていったりしていないよな？

さっきの拓海くんの話のこともある。

そう考えた時、リビングのカーテンが微かに揺れていることに気づいた。

カーテンを開けると、寧々がベランダにいて、その姿を見てホッと胸を撫で下ろす。

「寧々、ベランダにいたのか。部屋にいないからどこに行ったのかと思った。あまりビックリさせるなよ」

俺もベランダに出て声をかけると、彼女が憔悴《しょうすい》した様子で俺の顔を見て、か細い声で謝った。

「……ごめんなさい。意外に早かったですね」

いったいどうしたのだろう。単に体調が悪いだけじゃないような気がする。

「つまらない会だから、挨拶だけして帰ってきた」

スーツのジャケットを脱いで寧々にかけてやると、彼女は小さく笑って俺をからかった。

「てっきり美女に囲まれてなかなか帰ってこないかと」

拓海くんの話を聞いた後では笑えない。

「うちに世界一の美女がいるからな。さあ、中へ入ろう。身体が冷えてるじゃないか」

軽く流して彼女を連れて部屋に戻る。

「鷹臣さん、メガネかけた方がいいんじゃないですか？」

俺の言葉に納得していない彼女に真顔で返した。

「視力はいいから必要ない。ところで夕飯はなにか食べたのか？」

よその美女なんてどうでもいい。気になるのは奥さんの体調。

俺の質問に彼女は曖昧に答えた。

「ええ。適当に」

この返答、きっとまともに食べていない。身体が受け付けないのなら、強く言っても無駄だろう。まずは冷えた身体を温めないと。

「風呂沸かしてくる」

彼女にそう言ってリビングを出ようとしたら、腕を掴まれた。

「私が沸かしてきます。鷹臣さん疲れてるでしょう?」

人の心配ばかりして。少しは自分のことを思いやってほしい。

「疲れてるのは寧々だ。まだ顔色が悪い。無理するなよ」

寧々をソファで休ませ、風呂の準備をする。

風呂の後にすぐに就寝するが、その夜はあまり彼女は寝つけなかったようで、次の朝、目覚ましが鳴っても起きなかった。

まだ具合が悪そうな顔をして寝ている彼女の額にそっと手を当てるが熱はない。

やっぱり疲れかな。でも、食欲がないのが気になる。今日は仕事は休ませよう。

寧々を起こさないようにベッドを出て、身支度を整える。

朝食を済ませると、いつものようにインターホンが鳴った。

和久井が来たか。

家を出る前に寧々の様子を確認しに寝室へ行ったら、彼女がちょうど起きたところだった。

「嘘。寝坊した」

ショックだったのか、俺の顔を見て落ち込む寧々。

「ぐっすり眠ってたから起こさなかった。今日は俺は会合続きで来客予定はないし、寧々はゆっくり休め」

寧々の頭に手を置いて慰めると、彼女は申し訳なさそうに謝る。

「ごめんなさい」

真面目で、責任感が強すぎるんだよな。だから、寝坊したくらいで自分を責める。

「自分を役立たずとか思うなよ。新しい生活が始まって疲れが出たんだろう。寧々は頑張りすぎだ。もっと俺を頼れよ」

俺の言葉に彼女は小さく頷く。

「ありがとう」

心まで弱って見える。ゆっくり休んで早く元気になるといいんだが。

寧々に軽くキスをするが、妙な胸騒ぎがして彼女ひとり残すのが心配になった。

「行ってくる」

そう告げて玄関に行くと、和久井が俺を見て挨拶した。

「おはようございます。寧々さまはまだ体調が悪いんですか？」

「ああ。熱はないんだが、昨日よりも元気がない。食欲もないみたいで、食べ物を見ただけで気持ち悪そうにするんだ」

寧々の様子を話しながら靴を履いて玄関を出る。

「それって悪阻では？」

和久井の言葉を否定できなかった。

「悪阻……」

寧々はピルを飲んでいると言っていたけれど、飲み忘れもあったかもしれない。

「その可能性もあるな」

寧々は自分の不調の原因に気づいているのではないだろうか。

ただの疲労かもしれないが、彼女が妊娠していると考えればいろいろ合点がいく。

もう少し様子を見るか。

「心配でしたら、誰か寧々さまにつけておきますか？」

彼の提案に少し考えながら頷く。

「そうだな。俺がいない時に外出して倒れられても困る。ただし、寧々には気づかれないように頼む。監視されていると思われたくない。ただでさえ新しい環境に慣れるのに戸惑っているだろうから」

「わかりました」

「まだ確定したわけでもない。このことは他言するな」

特にじいさんに知られては厄介だ。

「仰せのままに」

それから和久井とともに、会合があるホテルへ向かう。

会議が終わって昼食をホテル内のレストランで取ろうとしたら、和久井が珍しく血相を変えて俺のもとにやってきた。

その顔を見て瞬時に悟る。親父が死んだのか……。

「鷹臣さま、龍臣さまが先ほど息を引き取られたそうです」

和久井の報告を聞いて一瞬息が詰まったが、心を落ち着かせて確認した。

「じいさんたちはもう知っているのか？」

「ええ。今病院に向かってます」

じいさんたちも親父の死期が近いことは知っていたとはいえ、つらいだろうな。

倒れなければいいが。

「俺たちも急ごう」

和久井と社用車で病院に向かう途中で寧々に電話をかけた。

だが、彼女は電話に出ない。具合が悪くて寝ているのかもしれない。

電話をするのはやめて、メッセージを送った。

【寧々、父が亡くなった。今日は帰りが遅くなる】

病院に着くと、じいさんとばあさんが来ていて、息を引き取った親父を見て泣き崩れていた。

親父に寄り添っていた百合さんが、俺を見ていつものように抱きついてきたのでハッとする。

「鷹臣くん！　今朝起きた時は元気だったのに、私が売店に行っている間に急変して……それからすぐに亡くなったの。龍臣さんが私を置いて逝ってしまうなんて……」

昔のこともあってあまり義母に触れたくはなかったが、むせび泣く義母を引き剥がすのも冷たすぎると考えて、優しく声をかけた。

「つらかったな。でも、親父は百合さんと一緒にいられて幸せだったよ」

父に目を向けると、まるで眠っているかのように穏やかな顔をしていた。

昨日会っておいてよかったかもしれない。

百合さんが落ち着くと、彼女から離れて亡くなった親父に声をかけた。

「闘病、最後まで頑張ったな」

優しくて真面目だった父。

俺が小さい頃はよく釣りに連れていってくれた。釣《つ》り竿《ざお》の糸の結び方、リールの巻き方、タナ取り、仕掛けのサイズ……いろいろ教えてくれたっけ。

昔のことを思い出していたら、病室のドアが開いて、寧々が息せき切って現れた。

「遅れてすみません」

寧々は今にも倒れそうな青い顔をしていて、慌てて彼女に駆け寄った。

「大丈夫か？」

「私は平気。お義父さま……昨日は元気そうだったのに」

涙をこらえながら父に目を向ける彼女。数年前に自分の父親を看取ったし、身近な人が死んでいくのを目の当たりにするのはかなりつらいだろう。

「そうだな」

寧々の言葉に頷くと、彼女を近くにあるソファに座らせ、俺は和久井と葬儀の手配をした。

父が死んでも悲しんでいる暇はない。成宮家の後継ぎとしての責務がある。

――親父、安心して眠れ。約束は必ず守るよ。

天国にいった父に心の中でそっと誓った。

私はお払い箱

「いやあ、鷹臣くんの嫁さんがこんなべっぴんさんだとはなあ」

この恰幅のいいおじさんは、お義父さまの従弟。

「今後とも夫をよろしくお願いします。義父が亡くなって、みなさんのお力が必要になりますから」

お義父さまの告別式と火葬が終わり、精進落としの会食が斎場で始まった。

親族だけで百人くらい。さすが華麗なる一族だけのことはある。

「寧々さーん、こっちも頼むよ」

「はい」

集まった親族にビールを注いで回るが、あまりに人数が多すぎて笑顔でいるのも疲れてきた。

おまけに和装だから、いろいろ気を使う。

接客は慣れているのだが、やはり妊娠初期で疲れやすくなっているのかもしれない。

お義父さまが亡くなったこともあって、赤ちゃんのことはまだ鷹臣さんに言えずにいた。

「寧々さま、あまり無理はしないでくださいね」

私を気遣って声をかける和久井さんに、ニコッと微笑んだ。

「大丈夫です。今動かなかったら、私の存在意義がありませんから」

ここでいい嫁をアピールして、鷹臣さんの株を上げなければ。休んでなんかいられない。

それに食べているより、こうしてビールを注いで回る方が気が楽だ。

「寧々、少し休んできたらどうだ？　疲れた顔をしてる」

鷹臣さんもやってきて、私の肩を叩く。体調が悪い私を気にしてくれているのだ。

だが、その優しさが今の私には逆につらい。

「ちょっと緊張しているせいです。百合さんだって気丈に振る舞ってるのに、私だけ休憩なんてできませんよ」

心配そうに私を見つめる鷹臣さんに小さく笑って言い返した。

「喪主は葬儀のことだけ考えてください。ほら、葬儀屋さんが呼んでますよ」

葬儀屋さんの方に目を向けると、鷹臣さんは「つらくなったら休めよ」と言ってこの場を離れた。

お義父さまの葬儀の喪主は鷹臣さんで、百合さんではなかった。

鷹臣さんが成宮家の跡継ぎだからというのもあるが、百合さんは後妻でもともと使用人の娘ということもあって成宮家での地位は低いし、彼女はおじいさまやおばあさまとうまくいっていない。

お義父さまが亡くなり、彼女はますます成宮家に居場所がなくなってしまうんじゃないだろうか。

でも、鷹臣さんや和久井さんがいるものね。

それに、お義父さまも百合さんのことはちゃんと考えていたかもしれない。

笑顔で親族の相手をしていたが、憔悴しているおじいさまとおばあさまが気になってふたりのいる席に行った。

「まだなにも手をつけていないですね。おつらいのはわかりますが、食べないと倒れますよ」

箸も持たずにいるふたりに優しく声をかけると、まずおじいさまが苦笑いした。

「どうも食欲がなくてな」

ハーッと溜め息をつくおじいさまの肩にそっと手を置いた。

「食べられそうなものだけでいいですから、少しでもお腹に入れてください。ご病気にでもなられたら、お義父さまも安心して天国にいけないですよ」

「寧々さんは優しいなあ。鷹臣もいい嫁をもらった。ふたりがわしらの希望だ」

自分の子供が亡くなったのだ。親が亡くなるより悲しいはず。

「本当に。鷹臣もすごくつらいと思うの。あの子を支えてやってね」

私の手を掴むおばあさまの目を見て、ゆっくりと頷いた。

「はい。しばらく私もここにいますから、食べてくださいね」

私の言葉でふたりが少しずつではあるが食べ始める。

その様子を見てちょっと安堵した。

副社長や専務は、自分たちの取り巻きの親族とビールを飲んで大声で話している。

お義父さまの死を悲しむ様子ではないわね。

なるべくふたりには関わらないようにしよう。絡まれて大事な葬式をぶち壊されてはたまらない。

会食も終わりの時間が近づくと、ここ数日神経を張り詰めていたせいか身体がふらついた。

テーブルにつまずきそうになり、いつの間にかそばにいた鷹臣さんに身体を支えられる。

「危ない！　無理しすぎだ」

怖い顔で怒る彼。

「ごめんなさい」

伏し目がちに謝る私の手を掴んで、彼は控え室に連れていく。

「ちょっとここで休んでいろ。会食が終わったら呼ぶから」

私を椅子に座らせると彼はしばらくついていたが、おじいさまに呼ばれて控え室を出ていった。

鷹臣さんに心配をかけてなにやってるんだろう。彼が一番大変なのに、私……仕事としての嫁失格だ。私が倒れたら、みんなに迷惑をかけてしまう。

まだ自分の身体の変化についていけない。食欲はないし、やはり食べようとすると気持ち悪くなる。

今日はりんごをひと切れ食べたくらい。

鷹臣さんも私の食欲がまだないことを心配している。

いつまでも疲労でごまかせるわけがない。

今日マンションに帰ったら、彼に赤ちゃんのことを話そう。

なんて言うだろう？　ショックを受けるのは間違いない。暗い顔をされたら、私は平静でいられないかも。

彼の反応が怖い。ひとりになると、ついついそのことを考えてしまう。

私はピルを飲んでるって言ったのに、妊娠したら普通は怒るわよね。たとえ彼に嫌われても、この子は私が全力で愛して育てよう。

まだ平らなお腹に手を当てる。

もっとしっかりしなきゃ。私には守るべきものがある。

じっとお腹を見ていたら、コンコンとノックの音がした。

「はい」と返事をすると、和久井さんが入ってきた。

「失礼します。あれ？　鷹臣さまはいないんですね？」

「ええ。会長に呼ばれて十分くらい前にここを出ていきましたけど」

「そうですか。会場にはいなくて、スマホを鳴らしても出ないんですよ。そろそろ締めの挨拶をお願いしたいんですけどね」

困惑した顔する和久井さん。

肝心な時にいないなんて鷹臣さんらしくない。

「私も探します。ふたりで探した方が早いですから」

和久井さんと共に控え室を出ると、「私は外を探してみます」と言って彼と別れて会食会場を出た。

エレベーターに乗り、一階に下りて外に出る。

エントランス周辺には鷹臣さんの姿はない。裏の駐車場の方だろうか。

着物の裾をたくしあげ、小走りで裏に回ると、鷹臣さんと百合さんの姿が見えた。

五メートルほど先にいるふたりに声をかけようとしたら、百合さんが彼に抱きついたので、慌てて物陰に隠れた。

「龍臣さんが逝ってしまって私寂しいの。私にはもう鷹臣くんしかいない」

少し困惑している鷹臣さんに、彼女は目に涙を浮かべながら懇願した。

「私をひとりにしないで。お願いよ。私ね、龍臣さんにプロポーズされて結婚したけど、本当はあなたのことが好きだったの」

彼女の告白に、動揺せずにはいられなかった。夕日に照らされるふたりがとても美しく見えて、そのことが私の心をひどくかき乱す。

「鷹臣くんだって私のことずっと好きだったでしょう?」

百合さんのその言葉が私の胸にグサッと突き刺さり、目の前が真っ暗になった。

あまりにショックで、それ以上ふたりの会話は聞けなかった。

やっぱり鷹臣さんは、ずっと百合さんを好きだったんだ。

彼が私と契約結婚するまで独身でいたのは、百合さんを忘れられなかったからなのだろう。でも、お義父さまの病気のこともあって結婚しないと後を継げない状況になり、急遽《きゅうきょ》妻が必要になった。そこにタイミングよく現れたのが私だ。

彼は周囲の目を欺《あざむ》くために私と契約結婚をした。相手なんて誰でもよかったんだ。いらなくなったらすぐに別れられる女なら誰でも――。

それはつまり、私と離婚すれば……ふたりは結婚できるということ。

「おっ、不倫現場発見」

その声にハッと振り返ると、専務がタバコをふかしながら立っていた。

「ビックリさせないでください」

声を潜めて文句を言う私を彼は楽しげにからかう。

「彼は私の夫だって邪魔しに行かないのか？」

「百合さんが悲しんでるから彼が慰めているだけです。義理の母ですし」

専務にムキになって言い返したが、内心自分でも馬鹿なことを口にしていると思った。

「義理の母ねえ。あのふたり、叔父さんと結婚する前からできてたぞ」

今の状況からすると、専務の言うことはまんざら嘘ではないかもしれない。

「だからなんですか？　夫の浮気くらいで動揺していては、成宮家の嫁なんてできませんよ」

平気なふりをしようとしても声が震える。

「あの女は結構腹黒い。次は鷹臣の妻の座を狙っているぞ。あんたはそのうちお払い箱だ」

私の動揺を面白がっている専務に冷ややかに返した。

「私の未来を予想してくださってありがとうございます」

「あんたも金が欲しいんだろ？　俺の女になれよ。嫁にしてやってもいい」

専務が馴れ馴れしく私の肩に触れてきたので、パシッと叩き落とした。

「大きなお世話です」

鋭く睨みつけて小走りで会場に戻ると、和久井さんにドンとぶつかった。

「キャッ」と声をあげてよろける私の腕を彼がとっさに掴んで支える。

「寧々さま？　大丈夫ですか？」

少し驚いた顔をする和久井さんに小声で謝った。

「はい。すみません」

「鷹臣さまはいましたか？」

彼に聞かれ、か細い声で答える。

「……エントランスの方にはいませんでした。おじいさまに最後の挨拶をお願いした方がいいかもしれ……」

「そろそろ締めないとな」

突然鷹臣さんがやってきて、私の声はかき消された。

「探しましたよ。どこに行ってたんですか？」

和久井さんが少し責めるように言うと、鷹臣さんは「悪い。ちょっと外の空気吸ってた」と平然とした顔で嘘をつく。

百合さんと抱き合ってたとは言えないよね。いや、和久井さんはいつも鷹臣さんと一緒にいるんだもの。鷹臣さんと彼女の関係を知っているのかもしれない。

もう誰も信じられなかった。

鷹臣さんが挨拶する頃には百合さんも会場に戻っていて、じっと彼の方を見ている。

きっと喪が明けたら、私は専務が言うようにお払い箱になるのね。

でも、ふたりの関係を知ってしまった以上、離婚されるまで鷹臣さんのそばにいることはできない。それに、私から去れば、彼も離婚を切り出す手間が省けるだろう。

精進落としの会食が終わると、親族を見送り、私も鷹臣さんと和久井さんと共に車に乗り込んだ。

「俺は仕事があるから、寧々をマンションに送ったらオフィスに行く」

鷹臣さんの言葉に「そうですか」と抑揚のない声で返した。

「いつ帰れるかわからないから、寧々は先に寝ていていい。今日も疲れただろう？」

彼が私の頬に触れてきてビクッとする。

「大丈夫」

ポツリと返しながら、あることに気づいた。

彼の服から微かに甘い匂いがする。

これ……百合さんの香水だ。

妊娠初期だけに匂いには敏感になっている。

ただでさえ具合がよくないのに、ますます気分が悪くなって顔をしかめた。

そんな私の些細な変化も彼は見逃さない。

「寧々？　大丈夫か？　和久井、やっぱり今日はオフィスに行くのは……」

「私は平気だから行ってください。疲れただけ。寝れば治ります」

ぶっきら棒な言い方になってしまったが、今の私にはそのことを気にする余裕もなかった。

鷹臣さんの言葉を遮ってそう言い張ると、彼は渋々といった様子で言った。

「帰ったらすぐに休めよ」

もう返事をするのもつらくなってきて、コクッと頷く。

マンションに着くと、鷹臣さんも車を降りようとしたので断った。

「そんなに心配しなくても大丈夫。仕事が溜まってるんでしょう？　早く行ってください」

彼と言葉を交わすのは、きっとこれが最後だ。

最後の気力を振り絞り、ニコッと笑って車を降りる。

うまく笑えただろうか？

彼の視線を感じたが、振り返らずにエントランスを抜けてエレベーターホールへ向かう。

ちょうど来たエレベーターに乗ると、壁に寄りかかった。

ひとりになったせいか、嗚咽《おえつ》が込み上げてきて止まらない。

彼の心の中にはずっと百合さんがいて、私は彼女の代わりに抱かれたのだろう。

鷹臣さんとの結婚生活もこれでお終《しま》いだ。

やっぱりお腹の赤ちゃんのことは言えない。言ったら、鷹臣さんと百合さんを不幸にする。

私にできるのは離婚届を置いて、ふたりの前から永遠にいなくなることだけ。ぐずぐずしている暇はない。

家に帰るとすぐに服を着替え、しまっておいた離婚届をリビングのテーブルに置き、メモを書いた。

【サインをして出しておいてください。お金は少しずつ返していきます。お世話になりました】

素っ気ない文章。でも、他になんて書いていいのかわからないし、涙が溢れてきて文字がぼやける。

これ以上書くのは無理だ。

鷹臣さん、あなたの幸せを祈っています。今までありがとう。

……もっと早く出会えていたら、あなたは私を愛してくれましたか？

ううん、それはないか。

私は百合さんではない。どんなに頑張っても百合さんにはなれない。

結婚指輪を指から抜いて離婚届の上に置く。

もうすっかり指に馴染んでいたから、指輪がないとなんだか物足りない。

いずれ返すものだったし、時期が早まっただけ。

そう自分を納得させると、涙を拭い、バッグとスマホだけ持ってマンションを出た。

だが、どこに行けばいいのかわからない。

鷹臣さんがくれたネックレスのダイヤに指で触れながら考える。

弟のいる家に帰れば、またすぐに鷹臣さんと顔を合わせるだろう。とりあえず今日はどこかホテルに泊まる？

頭に浮かぶのは、元勤務先のホテル。私の生活のすべてが鷹臣さんに繋がっている。

でも、ＮＡＲＩＭＩＹＡ系列のホテルには泊まれない。

「私……ずっと鷹臣さんの力を借りてたんだね」

改めて彼に依存していたことを思い知る。

鷹臣さんの力が及ぶ場所から自分で出ることさえできない。

こんな状態でどうやってお腹の子を守ればいいの？

途方に暮れていたら、バッグに入れておいたスマホがブルブルと震えた。

一瞬ビクッとしたが、すぐに振動は止まった。

鷹臣さんからだろうか？

バッグからスマホを出して恐る恐る見ると、小春さんからのＬＩＮＥ。

ホッと胸を撫で下ろして彼女のメッセージを確認する。

【元気にしてる？　どうしてるかと思って連絡してみました。私は、今仕事が終わったところ。今度アフタヌーンティー行こうね】

その文面を見て、今すぐ彼女に会いたくなった。

ひとりでいたら、気分がどん底まで落ち込んで闇に呑まれそうだ。

時計を見ると、午後七時半過ぎ。

【アフタヌーンティーは無理かもしれないけれど、これからお茶しない？】

私もメッセージを送ったら、すぐに既読がついて彼女から返信がきた。

【いいね。うちのホテルの近くに雰囲気がよさそうなカフェができたの。そこで待ってるね】

地図も一緒に添付されていて、【今すぐ向かうね】と返事をすると、タクシーを拾ってカフェに向かった。

小春さんが選んだカフェはガラス張りの外観で、内装は白を貴重としていて、席はすべて白のソファ席というアットホームな雰囲気のお店だった。

窓側の席に座っていた彼女が、私に気づいて手を振る。

「待たせてごめんね」

小春さんの向かい側の席に腰を下ろして謝ると、彼女は頭を振った。

「そんな待ってないから大丈夫。こないだはあまり話せなかったから、今日会えて嬉しいよ。なに飲む？」

彼女がメニューを見せたので、パラッと見て自分が飲めるドリンクを探す。

妊娠しているからコーヒーや紅茶は飲めない。

「ジンジャーエールにする」

ここ数日で炭酸系が飲みやすいことに気づいてそう答えると、彼女はあまり悩むことなく飲み物を決めた。

「私はアールグレーにしよう。ケーキはどう？」

小春さんに聞かれ、少し考えるふりをしてケーキは断る。

「う〜ん、今お腹空いてないからいいかな」

ケーキと聞いただけで胃がムカムカする。

「じゃあ私もケーキはなしにしよう。すみませ〜ん、注文お願いします」

小春さんは店員を呼んで飲み物を頼むと、私に目を向けた。

「寧々さん、疲れた顔してるけど大丈夫？　痩せた？」

心配そうな顔で尋ねる彼女に曖昧に返す。

「うん。ちょっといろいろあって」

私がよほど憔悴した顔をしていたのか、小春さんはつっこんで聞いてきた。

「もしなにか悩みがあるなら聞くよ。私じゃ頼りないかもしれないけど」

「小春さん……」

ためらう私の手を彼女がぎゅっと握る。

「話すと楽になるかもしれないよ」

すごく迷ったが誰かに縋《すが》らずにはいられなくて、自分の秘密を彼女に打ち明けることにした。

「実はね……私、ＮＡＲＩＭＩＹＡホテルの社長と……結婚してるの」

じっと小春さんの手を見ながらポツリポツリと話す。

弟以外の人に結婚相手のことを伝えるのは初めてだ。

「ええっ！　寧々さんの結婚相手ってうちの社長だったの？」

少し面食らった様子の彼女の目を見て小さく頷く。

「そう。五年前から結婚はしてたの。でも、それはただの契約結婚で、今年の三月に再会するまで一度も会うこともなかった」

「そうだったんだ」

「彼と再会することなく離婚するかと思ったんだけど、状況が変わって……一緒に住んで夫婦生活を送るようになったの。少し契約が延びただけでも……私はずっと彼が好きだったから……嬉しかった」

目頭が熱くなって、声が震える。

「過保護で参っちゃうけど、とても優しい人よって前に寧々さん言ってたよね」

小春さんは私の話を聞きながら、温かい目で微笑んだ。

「うん。過保護で、とても優しくて……。でも、彼には本当に愛してる人がいて……私はそのうち離婚される。それなのに……彼の子を妊娠してしまって……」

涙が頬を伝うが、感情的になってしまって止められなかった。

「寧々さん、社長は妊娠のこと知らないの？」

私の涙をハンカチで拭いながら彼女が静かな声で問う。

「……言えるわけがないわ。彼に迷惑をかけてしまう」

泣きじゃくる私を見て、彼女は私の隣の席に移動してきた。

「そもそもどうして契約結婚することになったの？」

しばらく小春さんが私の背中を撫でてくれて、少し落ち着くと、彼女の質問に答えた。

「私が高校三年の時に父が交通事故に遭って……父は植物状態だった。母は他界していたし、まだ中学生の弟を抱えて、どう生きていいかわからなくて、自殺して保険金をもらおうと思ったの。その時偶然、彼が私を助けてくれて、入籍だけして援助してくれることになった」

「社長は命の恩人なんだね」

彼女の言葉にコクッと頷く。

「今私が生きているのは彼のお陰なの。それなのにこんなことになって……。これからどうしていいかわからない……」

「社長に赤ちゃんのこと言うべきだよ。寧々さんの話聞いてると、社長は寧々さんのこととても大事にしてる。他に好きな人がいて寧々さんと一緒に暮らすような人じゃないと思うよ。社長も寧々さんを愛してるんじゃないかな」

「……違う。彼が愛する人の代わりにされてるだけ。ううん、もう過去形かな」

ハハッと自虐的に笑う私に、彼女は少し強く言った。

「寧々さん、赤ちゃんの未来もかかってるんだよ。ちゃんと社長と話をした方がいい。一生後悔する。もし、社長が寧々さんを捨てたら、私が寧々さんを支えるから」

「小春さ……ん」

私を支えてくれる人がここにもいる。

「自分で勝手に道を閉じちゃダメ。社長とふたりで話をしなさい」

珍しく怖い顔で命じる彼女に向かって、約束した。

「うん」

そうだね。赤ちゃんの未来を勝手に決めてはいけない。それに、鷹臣さんの気持ちを確かめてもいない。

専務の言葉もあって、鷹臣さんは百合さんを愛してるんだって思い込んでいた。

鷹臣さんがそう言ったわけではないのに。

小春さんのお陰で、私の心に希望の光が見えてきた。


それから二十分ほどして、私たちは店を出た。

「本当に送っていかなくて大丈夫？」

不安そうな彼女に微笑んでみせた。

「大丈夫。ちょっと歩きたいの。必ず家に帰るから」

「そっか。じゃあ、旦那さまと話したら、私に連絡ちょうだいね。約束だよ」

「うん、約束する」

　笑顔で返事をして小春さんと別れて、私は鷹臣さんと最初に出会った場所に向かった。

それは、お義父さまが入院していた病院の近くにある歩道橋。

ゲン担ぎというか、彼に赤ちゃんのことを伝える勇気が欲しかったのだ。

小春さんと話をして今は少し穏やかな気分。ここ最近食べてなくて体力がないはずなのに、足取りは軽い。

歩道橋に着くと、階段を一段一段ゆっくりと上っていく。

なんだろう。心が浄化されていくような不思議な感じがする。

階段を上りきると、歩道橋の真ん中で、行き交う車を眺めた。

ここから私たちは始まった。

あの日、彼は私に新たな命をくれたように思う。

ふと見上げると、空にはあの夜と同じように月が浮かんでいた。

「ねえ、ここでパパと出会ったんだよ」

お腹に触れ、赤ちゃんに話しかける。

「会ってすぐにパパに惹かれたの。パパはママのこと好きだと思う？　ふふっ、わからないわよね」

まだ生まれてもいないもの。

しばらくじっと月を眺めていたら、鷹臣さんの声がした。

「寧々！」

幻聴？　いや、違う。

声の方に目を向けると、歩道橋の階段の下に鷹臣さんがいた。

「鷹臣さ……ん？」

どうしてここに？

呆然としていたら、彼が息せき切って階段を駆け上がり、私のもとへ来て強く抱きしめた。

「無事でよかった」

化けの皮が剥がれる　―　鷹臣side

父が亡くなり、今日が告別式。

葬儀、火葬が終わって今ようやく精進落としの会食となったが、親族の相手をしていても寧々の様子が気になった。

相変わらず体調が悪そうだが、それを俺に隠して無理をしている。

父が亡くなった日。部下の話では彼女は産婦人科に行き、その後役所にも立ち寄ったらしい。

婦人科の持病があって受診した可能性もあるが、ここ数日の彼女の様子からすると違うように思える。

寧々から病院に行ったという話は聞いていない。だから、ますます妊娠を疑ってしまう。父の葬儀で慌ただしくじっくり話ができていないが、それは後でいい。

今日告別式が終わったらすぐに寧々を家で寝かせなければ。

昨日の通夜の時もずっと青い顔をしていて、休めと言っても全然言うことを聞かなかった。親父の通夜だから余計頑張ろうとする。

今日も『気分が悪かったら寝てていい』と言ったのに、『大丈夫』と返された。

本当は今すぐにでもどこかに閉じ込めて、しばらく休ませてやりたい。

だが、告別式が終わらない限り、彼女は従わないだろう。

注意して寧々を見ていたら、彼女がふらついたのが見えて、慌てて駆け寄った。

「危ない！　無理しすぎだ」

もうこれ以上見ていられなくて少しキツく注意すると、彼女は疲れた声で謝る。

「ごめんなさい」

今にも倒れそうな彼女を有無を言わせず控え室に連行した。

「ちょっとここで休んでいろ。会食が終わったら呼ぶから」

人前に出れば、つらくても寧々は頑張ってしまう。

会食もあと少しで終わる。彼女ひとりが抜けても問題はない。

彼女が心配でしばらくは付き添っていたが、ズボンのポケットに入れておいたスマホがブルブルと震えて……。画面を見たら、祖父からの着信。

「じいさんの呼び出し。しっかり休めよ」

寧々に釘を刺して控え室を出ると、「今行く」と電話に出て祖父のもとへ向かった。

「どうしました？」

声をかけると、じいさんは俺に顔を近づけて声を潜める。

「この会食が終わったら、オフィスで龍臣の遺言状を公開する」

「急ですね」

告別式の後ということに妙な引っかかりを覚えた。

「それも龍臣の意志だ」

じいさんは父の遺言の内容を知っているのか、少し険しい表情で言う。

「寧々は同席しなくてもいいですよね？　かなり疲れているので家で休ませたい」

俺が確認すると、じいさんはゆっくりと頷いた。

「ああ。彼女に倒れられては困る。成宮家の大事な宝物だ。それに、寧々さんには遺言の話は聞かせない方がいいだろう」

「あまり穏やかではない内容なんですね」

俺の目を見てじいさんは溜め息交じりに相槌を打つ。

「まあ、うちの膿《うみ》を出す内容だな」

「叔父たちの件もありますからね」

じいさんとの話が終わって、寧々の様子を見に行こうとしたら、百合さんに呼び止められた。

「鷹臣くん、ちょっといい？」

「ああ」と返事をして、彼女と斎場の裏手にある駐車場へ行く。

「どうした？　なにかあったか？」

百合さんに尋ねると、彼女は動揺した様子で話しだした。

「私……きっと成宮家を追い出されるわ。龍臣さんの遺言状の公開がこの告別式の後って話は聞いてるでしょう？」

それで狼狽えてるのか。

「さっきじいさんから聞いた。だが、百合さんにとってはその方がいいんじゃないか。成宮家にいても、肩身が狭い思いをするだけだ。実際、じいさんたちとうまくいってないだろ？」

俺のアドバイスを聞いても彼女は納得しない。

「成宮家にはいっぱい思い出があるわ」

俺にそう話す彼女が、悔しそうに見えた。

「まだ若いんだ。成宮家に縛られる必要はない」

突き放すような言い方になってしまったが、彼女を成宮家にとどめておく理由はない。

俺の言葉がショックだったのか、彼女は突然抱きついてきた。

「龍臣さんが逝ってしまって私寂しいの。私にはもう鷹臣くんしかいない」

その言葉で悟った。

ああ、彼女は俺を誘惑しようとしてるんだと。

親父が死んだことを全然悲しんでいない。今後の自分の立場を守るのに必死だ。

そんな計算高い女にかける言葉もなく黙っていたら、彼女は涙で潤んだ目で俺を見上げて懇願する。

「私をひとりにしないで。お願いよ。私ね、龍臣さんにプロポーズされて結婚したけど、本当はあなたのことが好きだったの」

彼女の告白を聞いて気分が悪くなる。

父が亡くなる前日に俺に伝えたかったのは、このことなのだろう。

なるほどね。どうしてじいさんたちがこの女に冷たいかわかった。

彼女は父を愛してはいなかった。自分の保身のために俺を誘惑する悪魔のような女。

ずっと騙《だま》されていたよ。

父との結婚後、彼女と距離を取って正解だったな。

「鷹臣くんだって私のことずっと好きだったでしょう?」

過去の愚かな自分がおかしくて、自嘲するように笑いながら彼女から離れた。

「学生の時は好きだった。だが、今思うとなにを血迷っていたんだろうって思うよ」

「鷹臣くん？」

戸惑った顔をする彼女。

近くで人の気配がしたが、構わず彼女に冷酷に告げた。

「俺が愛してるのは寧々だけだ。だから、俺には触れるな」

「待って。寧々さんよりも私の方があなたのことをわかってるわ！」

彼女が俺の腕を掴んできたので冷たく振り払う。

「その自信、どこから出てくるんだろうな。俺は絶対にお前のものにはならない」

寧々の名前を出されて腹が立つ。

冷ややかに宣言すると、その場を立ち去り、斎場の中に戻った。

会食会場の出入り口の前に寧々と和久井がいて、なにやら俺の話をしている。

「鷹臣さまはいましたか？」

「……エントランスの方にはいませんでした。おじいさまに最後の挨拶をお願いした方がいいかもしれ……」

「そろそろ締めないとな」

寧々の言葉を遮り、声をかける。

俺の登場に驚いている彼女。その顔色はさっき見た時よりも青い。

「探しましたよ。どこに行ってたんですか?」

和久井の質問に、何事もなかったかのように返した。

「悪い。ちょっと外の空気吸ってた」

百合さんと話してたなんて答えたら、いろいろ和久井に聞かれるだろう。

今は一刻も早く寧々を休ませたい。


会食で最後に挨拶をして、親族が斎場を後にすると、寧々を連れて自宅マンションへ——。

だが、車の中での彼女の様子がおかしかった。

寧々は俺が頬に触れただけでビクッと身体を震わせ、まともに目を合わせようとしない。具合も悪そうで、オフィスに行くのをやめようとしたら、彼女に反対された。

「私は平気だから行ってください。疲れただけ。寝れば治ります」

「帰ったらすぐに休めよ」

寧々にそう言い聞かせ、彼女をマンション前まで送っていくとすぐに和久井と丸の内にあるオフィスに向かった。

車がオフィスのあるビルの前で停車する。シートベルトを外して車を降りるが、もう外はすっかり暗くなっていた。

時刻は、午後六時四十分。

和久井を連れて会長室の隣にある会議室に入ると、そこには祖父母、副社長である叔父、従兄の徹、百合さん、それにうちの顧問弁護士がいた。

親族は円卓に座っていて、俺はじいさんの向かい側の席に着き、和久井はドアの横に立って控える。

「遅れてすみません」

「では、始めてくれ」

じいさんが弁護士にそう頼むと、弁護士は封がされた封筒から書類を取り出して読み上げた。

「遺言者成宮龍臣は、本遺言書により以下のように遺言する。第一条、妻・成宮百合に次の財産を取得させる。ロンドンのチェルシー地区にある土地、建物。それに、スイス銀行にある預貯金。ただし、今後一切成宮家に関わらないことを条件とする」

その遺言に、百合さんが異議を唱えた。

「私は龍臣さんの妻ですよ。彼の遺産の半分をもらう権利がある。それに、成宮家に関わらないことが条件なんて認められません！」

「取り乱すな、百合。お前が異議を唱えても遺言は変えられない。それにお前は文句を言える立場ではない」

じいさんは百合さんを叱りつけると、弁護士を見やった。

「あれを」

じいさんの指示で、弁護士は別の封筒から写真を取り出して、俺たちに見せる。

「これは龍臣氏が興信所に依頼した、そこにいる妻・百合さんの素行調査結果です」

写真に写っていたのは、百合さんと若い医師の密会現場。その医師は父の担当医についていた研修医だった。

甲斐甲斐しく父の世話をしていたと思ったら、医者とお楽しみだったとは。

きっとこれは初めてではない。

俺を誘惑してきたことを考えると、過去に何度も浮気をしてきたはず。

ひょっとしたら、父は俺に近づけさせたくなくて彼女と結婚したのではないだろうか。だとしたら、俺は父にずっと守られていたんだな。

「これは……なにかの間違いだわ。それか、合成写真よ」

百合さんが写真を破りながら否定するが、そんな彼女を見て徹がうっすら口角を上げた。

「間違いではないだろ？　お前、俺と寝たじゃないか。龍臣おじさんが相手をしてくれないって文句を言って」

「なにを言ってるのよ！」

百合さんがキッと睨みつけると、徹が楽しげに彼女をからかった。

「いや、正確にはおじさんが、子作りにあまり協力してくれないだったかな？　子供がいればゆくゆくは成宮家の財産を自分の思い通りにできたのに、叶わなくて残念だったな」

「嘘言わないで！」

「本当のことだ。その時の会話だって録音してある。なんならここでみんなに聞かせようか？」

スマホを取り出してニヤリとする徹にブチ切れたのか、百合さんは彼に近づき、髪を振り乱して怒った。

「徹、あんたって人は！」

なんて醜いんだろう。

冷めた目でふたりを見据える俺。

徹と百合さんが関係を持ったと知っても全然驚かない。

百合さん……いや、百合の化けの皮がすっかり剥がれたのだから。

祖父母も眉ひとつ動かさず、徹と百合に目を向けている。

徹と百合がまだ言い争っていて、じいさんがふたりを鋭い眼光で睨みつけた。

「ふたりともうるさい。百合、もうお前を成宮家の嫁としては認められない。成宮家から出ていけ。これ以上恥を晒《さら》すな」

じいさんに叱責された彼女は、ぎゅっと唇を噛みしめる。

そんな彼女に俺は容赦なくとどめを刺した。

「親父の遺産が欲しければ、大人しく出ていく方が利口だ。お前ならよーくわかるだろ？」

百合は、「あんたたちみんな地獄に落ちればいいのよ！」と悔しそうに捨てゼリフを吐いてオフィスを飛び出す。

彼女がいなくなると、叔父がフッと笑った。

「あの女は、所詮使用人の娘。成宮家には相応しくなかったということだ」

「成宮家の者でも相応しくない人間はいますけどね」

じっと叔父と徹を見据えると、和久井に命じた。

「和久井、あれを」

和久井は俺の目を見て「はい」と返事をして、ある資料を配った。

それは叔父と従兄が会社の金を引き出して、私的に流用したことについての詳細が書かれたもの。実は徹が寧々にちょっかいを出したこともあって、彼らの身辺を和久井に調べさせたのだ。

じいさんにはその内容を事前に伝えていたから冷静だった。

「お前たちの口から説明してもらおうか」

じいさんが厳しく追及すると、叔父と徹は顔を青くしながら言い訳した。

「これこそなにかの間違いだ。会社の金を使い込んでなどいない」

「馬鹿げてますよ。鷹臣が勝手にでっち上げたんです。本気にしないでください」

本当、馬鹿な親子だ。五億円もの金を横領しておいて、じいさんや俺の目をごまかせると思っているのだから。

「ラスベガス出張のたびにカジノの掛け金として会社の金を引き出してただで済むとでも？　会社の金はあなた方の金ではない。ちゃんと返してもらう」

俺が糾弾《きゅうだん》すると、叔父はじいさんを見て激しく動揺しながら否定した。

「違う。俺も徹も横領なんてしてない。鷹臣が俺たちを嵌めたんだ」

必死に言い訳する叔父を冷ややかに見やった。

「往生際が悪いな。ちゃんと調べればわかることだ。素直に観念して金を返せよ。さもなければ、警察につき出す」

「鷹臣！　お前、年下のくせに生意気なんだよ」

徹が逆上して俺に殴りかかってきたが、ひょいと避けて脛《すね》を思い切り蹴り上げた。

「いてっ！」

従兄が屈み込んで呻くのを見て、冷淡に言った。

「お前も、叔父さんもクビだ。ＮＡＲＩＭＩＹＡの事業に関わることは俺が許さない。出ていけ」

叔父と徹が憤慨して出ていくと、弁護士は残りの遺言を読み上げた。

父の残りの遺産はすべて俺に譲られることになったが、それよりも大事だったのは、父が俺と寧々に今年のうちに結婚式を挙げるよう遺言として残しておいたこと。自分が死んでも必ず式を挙げるようにとのことだった。

「鷹臣、龍臣の遺言だ。喪中とか関係ない。父の願いを叶《かな》えてやれ」

じいさんの言葉に「ええ」と返したが、目頭が熱くなってそれ以上なにも言えなかった。

「龍臣さまは、おふたりが式を挙げていないことをたいそう気にされていました。余計なこととは思いましたが、私の方からその事情をお伝えしました。それで、その遺言を残されたのかと思います」

和久井の説明を聞いて、「そうか」と静かに頷く。

じいさんたちの手前、肝心な部分は口にしなかったが、和久井は俺と寧々の結婚が契約結婚だったことを父に話したのだろう。

だが、俺と寧々を見て、父は本当の夫婦なんだと確信したのかもしれない。

父の温かい思いに胸がジーンとした。


オフィスを出ると、午後九時を回っていた。

まっすぐ自宅マンションに帰るが、家の中は真っ暗で、玄関に寧々の靴がない。

嫌な予感がした。

家に上がって彼女の姿を探すと、リビングのテーブルの上に紙が置かれていてよく見ると、離婚届だった。

寧々の署名、捺印がされていて、おまけに結婚指輪もあって、心臓が凍りそうだった。

どうして離婚届なんて？　妊娠のことがあって俺から離れようとした？

頭の中がごちゃごちゃだ。

スマホをポケットから取り出して、寧々に電話をかけるが繋がらない。

「……出ないな」

気づいていない？　それとも完全に避けられてる？

心臓がバクバクするのを感じながら今度は和久井に電話するが、スマホを持つ手が震えた。

《どうしました？》

すぐに和久井が電話に出て、少し取り乱しながら状況を話した。

「寧々が……離婚届を置いて出ていった。すぐに彼女の居場所を」

寧々が病院に行った後に役所に寄ったのは、多分離婚届をもらうためだろう。

妊娠がわかって俺から離れようとしたに違いない。

《寧々さまが……？　部下に確認します》

和久井は俺の話に驚いたが、いつもの落ち着いた声で返して電話を切る。

さすが俺の右腕。持つべきものは有能な部下だ。俺も冷静にならなければ。

今度は拓海くんにかけると、スリーコールで繋がった。
《はい、拓海ですけど、鷹臣さん、どうしました?》
連絡先を交換したものの、彼に電話をするのは初めてだから驚いている様子。
「突然すまない。寧々がいなくなったんだ。そっちに行ってないか?」
《今家ですけど、こちらには来てないです。携帯は出ないんですか?》
拓海くんの返答を聞いて落胆する。
まあ、同じマンション内にある弟の家に行くわけがない。
「ああ。もし寧々から電話があったら連絡くれないか?」
《わかりました。僕も心当たりを探してみます》
拓海くんとの通話を終わらせると、寧々が残していった結婚指輪を手に取った。
いったいどこへ行ったのだろう。
「寧々、頼むから無事でいてくれ」
彼女は突っ走るとなにをするかわからない。
俺と初めて会った時だって、歩道橋から飛び降りようとしていた。
三分ほど経って、和久井から電話がかかってきた。
《今、龍臣さまが入院していた病院の近くの歩道橋にいるそうです。マンション前に

車を停めているので来てください！》

「わかった」

返事をしながらリビングを駆け出て、外に停まっていた車の後部座席に乗り込み、運転手に命じた。

「急いで出してくれ」

車が発進すると、隣にいる和久井が部下から確認した情報を俺に報告する。

「部下の話では同僚とカフェで話した後、歩道橋に向かったそうです」

「同僚？」

寧々から同僚の話は聞いたことがない。だから、和久井に聞き返して詳しい説明を求めた。

「寧々さんの同期の女性社員です。私も会ったことがありますが、友人のような感じでしたよ」

和久井の説明に小さく相槌を打つ。

「そうか。友人か」

友人と会ってなにを話したのだろう。それに、どうして歩道橋になんか……。

部下に彼女を保護させることも考えたが、下手に刺激してはまずいと思った。

お願いだから飛び降りるとかまた考えるなよ。

早く、早く着いてくれ！

手の中の指輪をぎゅっと握って彼女の無事を祈る。

しばらくすると歩道橋が見えてきて、中央に立っている寧々の姿も確認できた。

彼女が無事な姿を見てひとまず安堵するが、この手で掴まえるまでは安心できない。

車が歩道橋近くで停まると、和久井に命じた。

「拓海くんに寧々を見つけたと連絡してくれ」

彼の返事も聞かずに車を降り、歩道橋の階段を駆け上った。

「寧々！」

俺の声に気づいて寧々がこちらを向く。

階段を一気に駆け上がり、彼女の背中に手を回してこの胸に抱きしめた。

「無事でよかった」

旦那さまと幸せになる

「無事でよかった」

鷹臣さんが息を乱しながら私を抱きしめて、安堵した声で言った。

今、私と彼がいるのは歩道橋の上。

車が通り過ぎる音も、車のランプもまるで下界の世界の出来事のように思える。

彼がここにいることが信じられなかった。

「た、鷹臣さん……どうしてここへ？」

パニックになりながら尋ねると、彼は私の目を見て口早に答えた。

「家に帰ったら離婚届と指輪が置いてあって、部下に寧々の居場所を確認したら今ここにいるって……。それで慌てて来たんだよ」

マンションに帰ったら鷹臣さんになにを話すかいろいろ考えていたのだが、彼が突然現れて頭の中は真っ白。

わざわざここに来たということは、離婚届になにか不備があったのだろうか？

「離婚届、記入間違ってました？　今、ちょっと書く気力がないので、後日郵送する形でもいいですか？」

私の発言に鷹臣さんは一瞬フリーズした。

「は？」

彼がこんな顔をするのは珍しい。

きっと私はとんでもない間違いをしたのだろう。

「ごめんなさい。明日役所に行って……！」

謝る私の言葉を呆れ顔で遮る彼。

「こらこら、なんでそうなる。離婚届なんて必要ない。前にも言っただろ？　離婚はしないって。どうして離婚届なんか書いて出ていった？」

彼が怖い顔で怒っているが、ここは逃げずにしっかり彼と向き合おう。

「あの……今日見たんです。斎場の裏で鷹臣さんと百合さんが抱き合っているのを。ふたりが愛し合っていたのを知らずにいてごめんなさい。私がもう不要なのはわかっています。私に遠慮しないで百合さんと……！」

私の唇に指を当て、彼は盛大な溜め息をついた。

「誰が不要って言った？　あの時、人の気配がしたから誰かいるとは思ったが、寧々だったのか。いいか、あれは百合が勝手に抱きついてきただけで、すぐに離れた。俺は百合なんか愛していない」

鷹臣さんは百合さんを愛していない？　本当に？

だけど彼の説明を聞いても、まだ気がかりなことがあった。

「でも、百合さんがお義父さまと結婚した時、鷹臣さんは反発してたんじゃないんですか？」

心の中の不安を消したくてそんな質問を投げる私の頭を、鷹臣さんはまるで安心しろと言わんばかりにゆっくりと撫でた。

「あの時は俺も若かったんだよ。家にいた年上の女性に憧れただけ。でも、百合と関係を持ったことはないし、今は俺が会った中で最低の女だって思ってる」

眉間にシワを寄せる鷹臣さん。

百合さんが最低の女ってどういうこと？

頭の中は？マークだらけ。

「え？　仲良く見えましたけど」

「表面上はそう見せてたが、親父とあの女が再婚してからは近づかないようにしていた。今思えば、本能的にあの女は悪女だって感じていたからかもしれない」

「悪女って、いったい百合さんなにをしたんですか？」

あの優しそうな百合さんが悪女だなんて信じられなかった。

私の問いに彼は顔を歪めながら答える。

「親父が入院中、若い医者と楽しんでた。おまけに従兄の徹と関係を持ったこともあったようだ。結局、親父に近づいたのも財産目当てで、今日俺に抱きついてきたのも同じ理由だろう」

彼の話を聞いて驚きを隠せなかった。

お義父さまと百合さん、素敵なご夫婦に見えたのに……百合さんは、お義父さまも鷹臣さんも裏切っていた。そんなひどいことってある？

「……そうだったんですね。鷹臣さんもショックだったでしょう？　だって、学生の頃は憧れてたわけだし」

しかも義母だ。私でさえつらいのだから、彼はもっと胸が痛んだに違いない。

「寧々はホント人の心配ばかりだな。もう百合のことなんてどうでもいい。成宮家から追放したから」

彼はそれほどダメージを受けていないのか、平然とした顔でとんでもない言葉を口にする。

「追放？」

急展開な話についていけなくて頭がショートしそうだ。

「そう。実はオフィスに行ったのは、親父の遺言状の公開があったからなんだ」

彼はそこであった親族がらみの話を私に説明した。

「もうあの女と会うことはない。ついでに言えば、叔父と徹もうちの業務に関わることはない。さあ、俺たちの話をしようか」

それまでとても冷ややかな顔で百合さんたちのことを語っていた鷹臣さんが、急に表情を変え、私をまっすぐに見つめてきた。

そんな彼の目を見てハッとする。

「百合が俺に抱きついたの見たとしても、なぜすぐに離婚届を用意できた？　数日前に役所に寄ったって報告もある。その時にもらってきたんだろう？　どうしてだ？」

私が役所に行ったのを知っているということは、産婦人科医院を受診したことも部下から報告がいってるはず。ちゃんと彼に言わなきゃ。

「実は……私、赤ちゃんができたんです」

鷹臣さんを見つめて告白すると、彼は私に蕩けるような笑顔を見せた。

「そうじゃないかって思ってた。なのになんで俺から逃げようとする？」

もっと顔を強張らせて動揺するかと思ったのに、彼が笑っているから戸惑った。

鷹臣さんは赤ちゃんができて嬉しいの？

「私が多分ピルを飲み忘れたから……鷹臣さんに迷惑をかけてしまうのが嫌だった」

自分の気持ちを正直に話したら、彼は私に言い聞かせるように真摯《しんし》な目で告げた。

「いいか、子供ってのはひとりじゃ作れないんだよ。そもそも子供できて困るなら最初から寧々を抱いてない」

その言葉を聞いて胸がじわじわと温かくなる。

「鷹臣さん……」

「赤ちゃんは、俺と寧々の宝物だ。俺たちで大事に育てていこう」

とびきり甘い目で微笑む彼に確認する。

「いいんですか？」

「父親になる幸せを俺から奪うなよ。赤ちゃんが俺と寧々を選んで来てくれたんだ。誰にでも赤ちゃんができるわけじゃない。とても奇跡的なことなんだ」

彼の話が胸を打つ。

確かに、たくさんの人間がいるのに、赤ちゃんは私たちを選んだ。

「はい。そうですね」

「それからこれが一番大事なこと。俺は寧々を愛してる」

ずっと私が聞きたかった言葉――。

彼の告白に目頭が熱くなって、涙がこぼれ落ちた。

これは現実だろうか？　もし夢なら永遠に覚めないでほしい。

「夢じゃないですよね？」

「夢じゃない。寧々がうんざりするほど言い続けるから覚悟しろよ」

鷹臣さんが強く抱きしめてきて、私に覚えさせるようにゆっくりと囁く。

「愛してる」

身体に直接彼の声が響き、感動が胸に押し寄せてきた。

「……私も」

五年以上経ってやっと自分の気持ちを言えた。

泣きながら伝えたら、鷹臣さんが「よーく知ってる」と、とても幸せそうに返した。

しばらく抱き合っていたが、彼が抱擁を解いてポケットからなにかを取り出す。

それは、私が置いていった結婚指輪。

「俺の妻は、今もこれからも寧々だけだ」

私の左手を掴み、彼は薬指に指輪をはめた。

月の光に照らされて、指輪がキラリと光る。

「もう勝手に外すなよ」

鷹臣さんの言葉に「はい」と頷くと、彼はスーツのジャケットを脱いで私の肩にかけた。

「さあ、家に帰ろう。いくら五月でも夜は冷える。それに、俺の部下がいつまで経っても帰れないから」

彼の視線の先には、なんとなく見覚えのあるスーツ姿の男性がいた。鷹臣さんにペコッと頭を下げている。

あの人、オフィスで何度か見かけたことがある。きっと私を護衛するために鷹臣さんがつけてくれたのだろう。今度お礼を言わないと。

歩道橋の下に停まっていた車に乗り込むと、和久井さんがいた。

「寧々さま、もうなにも言わずにいなくならないでくださいね。あんなに取り乱した鷹臣さまは初めて見ましたから」

和久井さんにも心配をかけてしまった。

「すみません。もうしません」

私が謝ると、和久井さんは優しい目で返した。

「それを聞いて安心しました。鷹臣さまをよろしくお願いしますね。もう寧々さまなしでは生きていけないので、そばにいてくれなければ困ります」

「それはないと思いますけど……！」

遠慮がちに否定する私の手を彼が握ってきた。

「まだ信じてないな。寧々は俺の唯一無二の存在なんだよ。忘れるな」

「はい」

もう涙はすっかり止まり、自然と笑みがこぼれる。

ふたりからお説教されても、私は幸せだった。

私はこれからずっと鷹臣さんと一緒にいられるんだ。

それに、彼の子供もお腹の中にいる。

お腹をそっと撫でたら、それに気づいた鷹臣さんも私のお腹に触れてきた。

数時間前までは悲嘆に暮れていたのに、すべてが丸く収まって今はこんなに幸せ。

「あっ！」

小春さんのことを思い出して変な声をあげたら、鷹臣さんが怪訝な顔をする。

「どうした？」

「友達に鷹臣さんとちゃんと話ができたことを伝えないと」

小春さん、きっと私がどうなったか心配しているはず。

私の話を聞いて和久井さんが微笑んだ。

「竹内小春さんですね。寧々さまを心配して彼女から電話がかかってきたので、大丈夫だと伝えておきました。後でメッセージでも送ってあげてください」

「え？　どうして和久井さんが小春さんから連絡を？」

不思議に思って尋ねる私を見て、和久井さんはメガネのブリッジを上げながら答える。

「こんなこともあろうかと、小春さんを紹介してくださった日に連絡先を交換しておいたんですよ」

「そこ、ふたりで会話するな。竹内小春って誰だ？　和久井が知ってて俺が知らないのはなんだか面白くないな」

ジーッと私と和久井さんを見て鷹臣さんはわざと拗ねてみせる。そんな彼がかわいく思えて、クスッと笑いながら説明した。

「ホテルで働いている友人です。今度、鷹臣さんにも紹介しますね」

「楽しみにしてる」

彼が私を見て、温かい目で微笑む。

しばらくすると、マンションが見えてきて、正面玄関前に弟の拓海が立っていた。

辺りを見回していてどこか落ち着かない様子の弟。

「ひょっとして弟にも連絡しました？」

鷹臣さんに聞いたら、彼は弟の方に目を向けながら返した。

「ああ。当然だろ？」

「ごめんなさい」

私のことでみんなに心配をかけてしまった。

車を降りると拓海が駆け寄ってきて、開口一番に怒られた。

「姉さん、なにやってるの！」

「はい。反省しています」

しゅんとなって平謝りする私に、弟はクドクドと説教する。

「姉さんはさあ、なんでもひとりで決めちゃうんだよ。五年前もそう。姉さんには鷹臣さんや和久井さん、それに俺だっているんだから、ちゃんと相談して」

弟の目には、うっすら涙が浮かんでいた。

「今度からそうします。ごめんね」

弟の肩を抱いて宥めるが、背伸びしないと手が届かなくて、彼も大人になったんだと改めて思った。

「拓海くん、そのくらいで許してやって」

鷹臣さんが拓海に優しく声をかける。

考えてみたらこのふたり、本当に義兄弟になったんだなあ。

私の愛する人たちが仲がいいってなんだか嬉しい。

「なに笑ってるの？」

不意に弟に聞かれ、小さく微笑んだ。

「鷹臣さんと拓海が仲睦まじくて微笑ましいなあって」

「この呑気《のんき》なセリフ……。全然反省してないよね？」

拓海が私を見てスーッと目を細めれば、鷹臣さんも呆れ顔で「ホント、脱力する」と呟く。

「本当に本当に心から反省しています。もうひとりでいなくなったりしません」

それに、もうひとりで悩んだりしない。私には頼れる夫と弟がいる。

ふたりに必死で謝っている私を見て、和久井さんがクスッと笑った。

「大丈夫です。今日のことで寧々さまの包囲網が確立されましたから、もう二度とこのようなことは起こりませんよ」

和久井さんは笑顔だけれど、その言葉になんとなく圧を感じる。もう絶対にやらないでくださいね……と再度釘を刺されたような。

結局、三人にしばらく責められ、解放されたのは十分後。

家の玄関に入ると、いつもと世界が違って見えた。

少し前まではここは鷹臣さんの家で、仮の住まいくらいに思っていた。

でも、今は違う。

私の家――。

「ただいま」

はにかみながらそう言ったら、鷹臣さんがとびきりの笑顔で「おかえり」と返し、身を屈めて私に愛おしげに口づけた。


それから一カ月後、私は以前勤務していたホテルにあるチャペルの前にいた。

ガラス張りで白を貴重としたチャペルで、まるでおとぎ話に出てきそうなくらいかわいい。

今日は私と鷹臣さんの結婚式。

本当ならお義父さまの喪に服して式などできないのだが、故人たっての希望ということで、家族と親しい友人だけで行われることになったのだ。

お義父さまは、和久井さんから私と鷹臣さんの事情をすべて聞いて知っていたらしい。事情を知ったうえで、私を鷹臣さんの嫁と認めてくれていた。

そのことがとても嬉しい。

今日の結婚式のすべてはお義父さまのプロデュース。

私が着ているウェディングドレスもお義父さまからのプレゼント。

いや、この結婚式すべてがお義父さまの素敵な贈り物だ。

ウェディングドレスは、世界的有名なデザイナーがわざわざ自宅まで来てデザインしてくれた。

最高級のシルクがふんだんに使われた袖付きのオフショルダーのプリンセスラインのドレスで、とてもエレガント。妊娠していて着られるのか心配だったけど、幸いなことにまだ腹部はそんなに目立たない。多分、妊婦と言っても誰も信じないだろう。

悪阻はだいぶ落ち着いてきて、最近はご飯も食べられるようになった。

「馬子《まご》にも衣装だね。姉さん」

私とチャペルのドアの前で待機中の弟がニコニコ顔でそんな感想を口にするので、軽くあしらった。

「はいはい。ドレスがいいの。誰だってこんな綺麗なドレス着たら、お姫さまに見えるわよ」

「姉さんはなんか女王の風格があるけどね」

弟のコメントに今度は青ざめた。

「嘘。そんな老けて見える？」

化粧が濃かっただろうか。

不安になる私の肩を弟がポンと叩く。

「冗談だよ。本物のプリンセスみたいだよ。鷹臣さんはもう見たの？」

「まだ。だからちょっと緊張する」

和久井さんが鷹臣さんに見られないようスケジュールを調整してくれたので、鷹臣さんはドレスのデザインしか知らない。

「がっかりさせたらどうしよう」

「いや、それはないよ。鷹臣さん、姉さんにぞっこんだから。たとえボロボロの洋服着てたって〝綺麗〟って褒めそう」

「それは言いすぎ」

弟と目を合わせ、微笑み合う。

朝からかなり緊張していたのだけれど、拓海のお陰で少しリラックスできたような気がする。

そこへ、水色のドレスを着た小春さんが息せき切って現れた。

仕事の途中で抜けてきた彼女は、「ギリギリになってごめんね」と謝る。

「大丈夫よ。忙しいのにありがとね」

小春さんの前髪を直しながら礼を言ったら、彼女は「当然よ。いよいよだね」と笑って私のベールを下ろした。

今日私が持っているブーケは、彼女と元同僚が用意してくれたもの。白と淡い紫の花でまとめられていてとても涼やかで素敵だ。

なんでも私をイメージして作ってもらったらしい。

「寧々さん、とっても綺麗。絶対社長、もう一度寧々さんに恋しちゃうよ」

悪戯っぽく目を光らせ、彼女は先にチャペルの中に入っていく。

しばらく弟と雑談していたら、チャペルのドアが開いて音楽が聞こえてきた。

私たちの出番だ。

スーッと深呼吸をすると、背筋を正して弟の腕に手をかける。

そう、今日ヴァージンロードを私と一緒に歩くのは弟。

父も祖父も他界しているからだ。

和久井さんが気を使って『私が一緒に歩きましょうか？』と言ってくれたのだけれど、鷹臣さんに猛反対された。

『お前と歩いたら、新郎と思われそうだから却下』

まあ、確かに和久井さんが相手だと誰が新郎か周囲が混乱しそうだったので、弟に頼んだ。弟とは顔も似ているから、新郎と間違われることはない。

「拓海が礼服着てるの見ると、大人になったんだなって実感する」

弟を見てしみじみと言ったら、拓海は苦笑いした。

「姉さんの中では俺の成長、中学生で止まってるんじゃない？」

「うん。そうかもしれない」

「俺のことはもういいからさ、これからは姉さんの幸せを考えなよ。赤ちゃんだって産まれるんだし」

鷹臣さんと相談して弟には妊娠のことを伝えた。

同じマンションに住んでいるから、すぐに気づかれると思ったのだ。

「無事に産まれてくれるといいな」

クスッと笑って、弟と真っ赤なアイルランナーが敷かれたヴァージンロードを歩き始める。

ヴァージンロードの両脇にはキャンドルが置かれていて、シックでどこか厳粛なムード。

席には鷹臣さんの祖父母、和久井さん、小春さん、学生時代の友人、それに元同僚などが座っている。

アットホームな式。

みんなの笑顔を見て、私も笑みがこぼれた。

元同僚ににこやかに手を振り、親族や招待客が見守る中、祭壇の前にいる鷹臣さんのもとへ一歩一歩向かう。

彼はシルバーグレーのモーニングコートに身を包み、息を呑みそうなくらいカッコよかった。

思わず見惚れてドレスの裾を踏み、バランスを崩す。

あっ！　転ぶ！

心の中で叫んで無様に転倒するかと思ったけれど、そこは頼れる弟がしっかり支えてくれた。

「鷹臣さんに見惚れすぎ」

弟がボソッと言ってふふっと笑う。

大事な結婚式で転ばなくてよかった。

ホッと胸を撫で下ろしたら、鷹臣さんと目が合った。

しっかり私の失敗見られちゃったな。

でも、落ち込みはしない。

鷹臣さんが温かい目で微笑んでいて、もう他のものは視界に映らなかった。

「姉をよろしくお願いします」

弟が私を託すと、鷹臣さんは小さく頷いて約束する。

「必ず幸せにするよ」

ふたりのやり取りを見て胸が熱くなった。

妊娠しているせいだろうか。最近、涙もろくなったような気がする。

祭壇の前にいる牧師の方に目を向けると、鷹臣さんが口元に笑みを浮かべて小声で言った。

「綺麗だよ」

そのひと言で心の中にパッと花が咲いたような明るい気分になる。

他の人に褒められるのも嬉しいけれど、やっぱり旦那さまに言われると天にも昇ってしまいそうなくらい幸せ。

ウェディングドレスを着て、愛する人と結婚式を挙げる。それは、女の子にとっての憧れ。私も例外ではない。

ずっとこんな風に彼と式を挙げることを夢見ていた。

賛美歌の斉唱、誓いの言葉、指輪の交換が終わって、いよいよ誓いのキス。

キスは〝ふり〟をするだけだから、ここまできたらもう安心。

本当にするのは恥ずかしいと私が主張して、本番はふりだけになった。

「それでは誓いのキスを」

牧師の言葉で鷹臣さんが私のベールを上げるが、その顔はどこか企み顔で……。

ハッとした時には、もう彼の唇が私の唇に重なっていた。

カメラのフラッシュがたかれ、頭の中が真っ白になる。

目を丸くしている私を見て、セクシーに微笑む彼。

――やられた。

道理で私がキスに反対した時、『わかった。結婚式は花嫁の意見を聞かないとな』とあっさり了承したはずだ。

でも、強い抵抗があったキスも実際やってみると、ふりじゃない方が式に相応しいような気がした。

それに、想像していたほど恥ずかしくない。相手が鷹臣さんだからだろうか？

彼にキスされると、他のことを考えられなくなる。

「やっぱり神に誓う時は、本物のキスをしないと」

本番に私を驚かせて……と文句を言いたくもなるけれど、茶目っ気たっぷりに笑う彼が愛おしくてたまらない。

ついクスッと笑ってしまう。

「計画通りだったんですよね？」

「まあね」

彼は素直に認め、今度はチュッと頬にキスをする。

完全に段取りを無視しているが、みんな笑顔で私と鷹臣さんを見ている。

今、鷹臣さんといて最高に幸せ。

そして、これからも彼との結婚生活が続く。

もう期限付きじゃない。

私たちの結婚は永遠──。

これから彼と明るい家庭を築いていこう。

この先楽しいことだけじゃなく、つらいこともあるかもしれない。

でも、彼と一緒なら乗り越えられる。

もう私は迷わない。

お義父さま、どうか天国で私と鷹臣さんを見守っていてください。

彼と幸せに暮らします。子供も一緒に――。

私がお腹に触れると、鷹臣さんが私の手の上に自分の手を重ねて、極上の笑顔で告げた。

「一生大切にするよ。子供もね」

その言葉を聞いて、私も涙ぐみながら彼に返事をした。

「私も」

特別書き下ろし番外編

みんな健やかでありますように　―　鷹臣side

寧々の声が聞こえてパッと目が覚めた。隣にいる彼女は、俺の方に身を寄せて眠っている。

「智臣《ともしげ》……すごい……ね」

「寝言……か。どんな夢を見ているのか」

愛する妻の頬に手をやり、クスッと笑う。

〝智臣〟というのは六歳になる息子の名前。

今、寧々のお腹には赤ちゃんがいて、出産日も近い。

ベッドサイドの時計を見れば、午前六時四十分。

今日は土曜日で、仕事は休み。

寧々が第一子である智臣を妊娠してから、和久井に『あなたが土日出社すると社員も休めませんし、寧々さまのためにも休みを取ってください』と諭され、土日は休むようになった。

妻を起こさぬよう静かにベッドを出て、身支度を整えると、リビングに向かう。

リビングには、ソファではなくカーペットに座ってひとり黙々とパソコンを操作している息子がいた。

息子はまだパジャマ姿。

俺に似て瞳はヘーゼルナッツ色、髪はアッシュブラウンで目鼻立ちもはっきりしていて、寧々も和久井も俺のクローンだと言っている。

「智臣、おはよう」と声をかけると、息子はパソコン画面から顔を上げて挨拶を返す。

「おはよう、お父さん」

「お前、朝からプログラミングしているのか？」

プログラミングのスクールに通わせたらかなり興味を持ったようで、息子は四六時中パソコンをいじっている。その目は真剣で、どこかの研究者のようだ。

俺もそうだったが智臣は知能が高く、一度読んだ本はすべて記憶する。プログラミングも自分で考えてやっていて、俺の助けは必要ない。

「うん。早くロボット動かしたくて」

目をキラキラさせてというより、どこか企み顔で答える息子。

いったいどんなロボットを作るのか。

「お前、研究者になれそうだな」

「研究者にはならないよ。僕はお父さんの後を継ぐ。プログラミングはあくまでも遊びだよ」

この割り切った考え方、我が息子ながら怖い。

――遊びね。確かに俺が声をかけても反応していてちゃんと周りが見えている。

集中はしていても、余裕があって……。

やることなすこと俺にそっくりで、たまに見ていて頭痛がする。

「別に無理にお父さんの後を継ぐ必要はない。お前が好きなことをやれよ」

変なプレッシャーはかけたくなくてそう言ったら、智臣は俺を見据えて言った。

「無理してないよ。僕にはね、ＮＡＲＩＭＩＹＡを世界一のホテルにするって目標があるんだ」

「それはでっかい夢だな」

腕を組んで息子の言葉に相槌を打つ。

そういえば、俺も小さい頃似たようなことを親父やじいさんに言ったっけ。

『世界一のホテル王になってやる』って。

まだ世界一にはなっていないが、これまでの頑張りもあって射程圏内まではきている。

「夢じゃないよ。お父さんは世界で三位までにした。だから、僕はてっぺんを目指す」

揺らぎのないその双眸《そうぼう》に映っているのは、俺ではなく未来なのかもしれない。息子の成長が楽しみだ。

「さすが俺の息子だな」

くしゃっと智臣の頭を撫でたら、息子は寧々のことを聞いてきた。

「お母さんは？」

「まだ寝てる」

臨月でお腹が大きくて疲れるようで、最近寧々はよく眠る。智臣がお腹にいた時もそうだった。

「じゃあ、僕とお父さんで朝ごはん作ろう」

息子は寧々の体調をわかっていて、よく手伝いをしてくれる。

「そうだな。なににする？」

寧々が第二子を妊娠してから、週末、智臣と料理することが増えた。

「パンケーキにしよう。お母さん好きだから」

パアッと顔を輝かせてそんな発言をする智臣を見て、やっぱり母親は特別な存在なのだと思う。

俺の前では大人のように振る舞うのに、寧々のこととなると子供らしい表情をするのだ。

「了解。お前はまず服を着替えてこい」

トンとパジャマ姿の智臣の背中を叩くと、「うん」と息子も返事をしてリビングを出ていく。

俺はリビングの横のキッチンに移動し、エプロンをつけてホットケーキの材料や果物を用意した。

シンクの下からボウルを取り出してアイランド型のキッチンカウンターの上に置いていたら、トレーナーとジーンズに着替えた智臣が戻ってきた。

キッチンで手を洗い、エプロンを身につけると、俺に目を向けた。

「それじゃあ、僕が生地を作るから、お父さんはテーブルのセッティングをお願い」

いっちょ前に俺に指示を出す息子。

「わかった」

素直に従い、六人掛けのダイニングテーブルにランチョンマットを敷き、フォークとナイフを並べていく。

息子は慣れた手つきでボウルに薄力粉、ベーキングパウダー、砂糖を入れて混ぜている。

手先は器用で、なにをやらせてもそつがない。

卵や牛乳を加えて生地ができあがると、まな板と包丁を取り出した。

包丁も難なく使いこなす彼は、バナナ、キウイ、イチゴを綺麗にカットしていく。

「お前、ホント器用だな」

褒めても息子は図に乗らない。

「まだまだお母さんやお父さんには敵《かな》わないよ」

淡々と答えながら智臣は手を動かしている。

俺はキッチンカウンターの中に入ると、サラダを作った。

親子の連携はバッグン。

だが、智臣は俺に必ず念押しする。

「あっ、お母さんのお茶は僕が淹れるからね」

「わかってる。お前の仕事は取らないよ」

寧々はいつもルイボスティーを飲んでいて、それを淹れるのは息子の役目。

クスッと笑ってできあがったサラダをテーブルに並べる。

智臣がフライパンで生地を焼き始めて五分ほど経過したところで、寧々が起きてきた。

「すごく美味しそうな匂いがする」

女神のような微笑みを浮かべてキッチンにやってきた彼女は、智臣に近づいてフライパンの中を覗き込む。

「おはよう。今日はパンケーキだよ。ぐっすり眠れた?」

とびきりの笑顔で寧々に微笑む息子。

「うん。また寝坊しちゃった。ダメね、お母さん」

「お腹に赤ちゃんがいるんだから仕方ないよ。陽真莉《ひまり》、おはよう」

苦笑いする寧々に優しく言って、智臣は彼女のお腹に手をやった。

お腹の子は女の子とわかっていて、寧々と相談して、陽真莉と名付けることにした。

智臣は妹が生まれるのを心待ちにしていて、寧々のお腹が大きくなった頃から、赤ちゃんに話しかけている。

なんとも微笑ましい光景。ふたりを見て自然と笑みがこぼれる。

「あっ!　ねえ、お腹ちょっと動いたよ」

興奮して声をあげる智臣に寧々がにっこりと微笑む。

「陽真莉がお兄ちゃんに挨拶しているのかもね」

「うん。陽真莉はきっとお利口さんになるよ。さあ、お母さんは座ってて」

「はいはい」

寧々は返事をして自分の席に着くと、俺に目を向けた。

「私が出産で入院してても大丈夫そうね。鷹臣さんも智臣も家事は難なくできるもの」

「家事はできてもやっぱり寧々が一週間いないのは寂しいと思うな。俺がいないのは出張で慣れてるけど」

智臣の性格だと多分平気なふりをするだろうから、俺も気をつけて見ておかないと。

「そうよね。今まで智臣と一緒にいない日はなかったもの」

寧々がパンケーキを焼いている息子を見て少し心配そうな顔をすると、俺たちの話を聞いていた智臣が明るく笑って言った。

「僕はお兄ちゃんになるんだから大丈夫だよ。それにサンタさんに『妹が欲しい』ってお願いしたのは僕だから」

智臣が言うサンタとは俺のこと。息子は五歳くらいからサンタはいないことを知っていて、去年の年末に直接俺にお願いしたのだ。

『お父さん、来年のクリスマスプレゼント、妹が欲しいな』

無邪気なお願いに聞こえるが、赤ちゃんがどのくらいの期間で生まれるかもちゃんと計算しているところがただの幼稚園児ではない。

『赤ちゃんは授かりものだからできるだけ頑張るけど、あまり過度に期待はするなよ』

作ると決めて必ずできるものでもないし、赤ちゃんの性別だって選べない。

ごまかさずに正直に伝えると、智臣は『わかってる。授かりものだからね』とニコニコ顔で返した。

息子に変なプレッシャーをかけられたが、次の年の春に運よく寧々が妊娠し、お腹の子も女の子と判明。しかも、出産予定は十二月と、智臣の願いが叶おうとしている。

「偉いね。ねえ智臣、今日は久しぶりに夜寝る時に絵本読んであげようか？」

寧々の言葉を聞いて、息子は一瞬戸惑った顔をする。

これは断るだろうな。智臣は、親に寝かしつけられるのを恥ずかしく思っているから。

だが、息子の返事は違った。

「うん。ありがとう、お母さん」

智臣が、嬉しそうに返事をする。

この顔、寧々の気持ちを思って返事をしたのではなさそうだ。素直に喜んでいる。

パンケーキが焼き上がり、三人でいただきますをして食べ始めるが、智臣は食べずにじっと隣に座っている寧々を見ていた。

「すごくふわふわで美味しい。お母さんよりも智臣の方が上手かも」

笑顔で言う寧々の感想を聞いて、智臣は破顔した。

「よかった」

子供らしい反応をする智臣を見て安堵する。

寧々がいるから、智臣は素直になれるのだろう。

彼女は愛情豊かで、息子をいつも温かい目で見守っているし、一日に一回は必ず智臣を抱きしめ、愛してると言葉でも行動でも伝えている。

智臣が優しい子に育っているのは、寧々のお陰だ。俺も彼女と家庭を持ったことで安らぎを得た。金よりも、地位よりも大事なものがここにある。

「朝食食べ終わったら、みんなで公園に散歩に行こうか？」

フォークとナイフを持っていた手を止めて提案すると、ふたりが声を揃《そろ》えて返事をした。

「いいね」

その日の夜、俺はリビングのソファでテレビをつけながらタブレットを見ていた。

寧々は、智臣を寝かしつけるために息子の寝室に行っている。

もうすぐ家族が増えて三人から四人になる。三人で過ごす時間もあとわずか。

智臣が生まれる時は、『ふたりで過ごすのもあとわずかだな』と言って、寧々とフレンチを食べに行ったな。

昔のことを思い出していたら、寧々が息子の寝室から戻ってきて俺の隣に腰を下ろした。

「智臣寝た？」

俺が寧々に目をやると、彼女は俺の目を見て頷いた。

「うん。結局、本は読まずにおしゃべりしてたの。『赤ちゃんが生まれたら、僕、お世話いっぱいするからね』とか『写真やビデオいっぱい撮りたい』とか、全部赤ちゃんの話題」

「待ち遠しくてたまらないんだろうな。俺もだけど」

寧々の腰に手を回して抱き寄せ、その大きなお腹に手を当てた。

「私のお腹撫でながら、スーッて寝ちゃった」

ふふっと笑う彼女を見て、愛おしさが込み上げてくる。

母親になってもかわいくて、透明感があってとても綺麗で――。

寧々に顔を近づけて口づけると、彼女は目を閉じて応えた。

こうやってキスをしていると、互いの思いが伝わってくる。

愛していると――。

キスを終わらせ、茶目っ気たっぷりに彼女に言った。

「俺も寧々に寝かしつけてもらおうかな？」

「こんな大きな子供、生んだ覚えないですよ」

彼女がスーッと目を細めるが、笑いを抑えきれなかったのか噴き出した。

寧々と目を合わせて笑い合うと、お腹の赤ちゃんに話しかけた。

「もうすぐパパとママに会えるよ」


それから二日後、寧々は病院で無事に出産した。

二千六百グラムの元気な女の子。

ずっと分娩室《ぶんべんしつ》で見守っていた俺は、小さめだが元気に泣いている娘を見て安堵した。

「寧々、頑張ったな」

まず愛する妻に労るように声をかけ、次に娘に目を向けて微笑んだ。

「陽真莉も頑張ったな。生まれてきてくれてありがとう」

横にいる智臣も、目をうるうるさせながら娘に声をかけた。

「陽真莉、僕がお兄ちゃんだよ。これからよろしくね」

その声に反応して娘がピタッと泣きやみ、目を開けた。

その目は、寧々にそっくり。

「かわいい。それに手もこんなに小さい」

智臣が感激した様子で陽真莉の手にそっと触れる。

「お前が陽真莉をちゃんと守ってやれよ」

息子の頭にポンと手をやって命じると、智臣は真剣な顔で返した。

「うん。僕が陽真莉を守るよ。お父さん、サンタさんに陽真莉をありがとうってお礼言っておいて」

「わかったよ。クリスマスにはお母さん退院しているし、サンタさんってホントすごいな。タイミングもバッチリだ」

俺の言葉を聞いて、智臣がすかさずつっこんだ。

「お父さん、それ自画自賛」

「え？　なにが自画自賛なの？」

キョトンとした顔をする寧々に、俺と智臣は顔を見合わせて答えた。

「なんでもないよ」

息子と秘密を共有するのも悪くない。

今日から四人家族。

みんなが健やかで幸せでありますように――。

妻と子供たちに目を向け、小さく微笑んだ。

一生離さない　―　和久井side

「明日、役員を集めて打ち合わせするから、手配頼む」

社長室の執務デスクで仕事をしている鷹臣さまが、パソコン画面を見ながら俺に指示を出す。

鷹臣さまと寧々さまの結婚式から半年経った。

前の副社長と専務がいなくなり、穏やかな日々が続いている。

「わかりました。ではまた後ほど」

決裁済みの書類を持って社長室を退出すると、ポケットに入れておいたスマホがブルブルと震えた。

今、正午過ぎ。スマホを取り出して画面を見たら、小春からのメッセージだった。

【こんにちは。お仕事中だったらごめんなさい。今週か来週会えますか?】

そういえば、海外出張もあってここ二週間ほど彼女と会っていない。

【今度また食事をしましょう】とメッセージは送っていたものの、忙しくてなかなか時間が取れなかった。二週間も放置してひどい彼氏だなと自分でも思う。

そう。実は鷹臣さまと寧々さまが結婚式を挙げた頃から、俺は小春と付き合い始めていた。

きっかけは寧々さまの家出。

寧々さまの相談に乗ってくれたお礼に小春を食事に誘ったが、趣味が同じ芸術鑑賞と話も合って、それ以降も食事に行くようになった。

俺が忙しいから、会うのはたいてい丸の内のオフィスの隣にあるホテルのレストラン。回を重ねるうちに食事だけで終わるのが寂しくなり、ホテルの部屋に誘って小春を自分のものにした。

誘われることはあっても、自分から誘うことはなかったのにな……。今まで相手にしてきた女と彼女が全然違うからかもしれない。

俺と年が離れているせいか、どこか一歩引いた態度で接してくるから、こっちがグイグイ攻めたくなる。

メッセージの文面も、〝会いたい〟ではなく、〝会えますか？〟と控え目。

恋人なんだから、もっと我儘を言っていいのに。いや、俺が壁を作っているのかも。

夜遅くなっても積極的に彼女と会う時間を作るべきなのだ。

今のままの生活だと、小春との関係はそのうち終わってしまうかもしれない。他の男に取られる可能性だってある。

……失いたくない。彼女は、俺にとって癒やしだ。

【ずっと連絡できなくてすみません。今日はどうでしょう？　九時くらいになるかもしれませんが】

そう返信すると、すぐに既読がついて返事が来た。

【大丈夫です】

【それでは仕事が終わったら、小春のホテルに迎えに行くのでラウンジででも時間を潰しててください】

【了解です】というメッセージと一緒にかわいい女の子のスタンプが送られてきて、思わず笑みがこぼれた。

彼女のメッセージを見ると、心が和む。

それからいつものように仕事をこなして、鷹臣さまを自宅マンションまで車で送り届け、赤坂のホテルへ――。

地下の駐車場に車を停め、ラウンジに行くと、小春がスマホで漫画を読んでいた。

俺がスマホの画面を覗き込んで「なにを読んでいるんですか？」と尋ねると、彼女が慌てた様子でスマホをポケットにしまう。

「な、なんでもないですよ」

「小春がどんな漫画を読んでいるのか気になりますね」

ジーッと小春を見据えて言うと、彼女は恥ずかしそうに返した。

「ファンタジーです。現実逃避というか、ストレス発散というか」

「なにか嫌なことでもありましたか？」

小春の言葉が気になって聞いたら、彼女は俺から視線を逸らしながら答えた。

「そういうわけじゃないんですけど、どこか遠くに行った気分になれるんですよね。読んでてスカッとするというか」

「なるほど。考えてみたら、私は小春を旅行に連れていってあげてないですね」

デートは毎回ホテル。文句を言われたことはないが、どこか遠くへ行きたくもなるだろう。

今まで特定の恋人なんていなかったから、遠出するとか考えたこともなかった。

「わー、誤解しないでください！　慶さんにおねだりしてるんじゃありませんからね」

半ばパニックになりながら否定する彼女を見て、温かい気持ちになる。

「私としては、いろいろおねだりしてほしいですが」

「いやいや慶さんにおねだりなんて無理ですよ」

最初に食事をご馳走した時も彼女は財布を出して自分の分を払おうとしたし、俺のことも下の名前で呼ばせるのに一カ月かかった。

「もっと俺に慣れさせる必要があるな」

そのためには、やはり一緒にいる時間を増やす必要がある。

ボソッとそんな本音を呟いたら、小春が「ん？　慣れさせるってなにがですか？」と聞いてきたので笑ってごまかした。

「なんでもないですよ。こっちの話です。なにか食べました？」

「いいえ。まだです」

「待たせてすみません。近くに美味しいラーメン屋があるんですが、どうですか？」

毎回ホテルのレストランというのも飽きるだろう。

「いいですね。でも、慶さんもラーメン屋に行くんですね」

意外そうな顔をする彼女。

「毎食フレンチやイタリアンだと思ってました？　ラーメンは結構好きで、仕事がない日はひとりでお気に入りの店に食べに行ったりするんですよ」

「私もひとりでラーメン屋行きますよ。無性に食べたくなる時があって」

少し興奮気味に話す彼女を見ていると、なんだかほっこりする。

「そうなんですね。今度一緒に行きましょう」

小春の手を握ってホテルを出ると、ワンブロック先にある少し古びたラーメン屋に入った。

カウンター席が七席、四人掛けのテーブル席がふたつあるだけの小さな店だが、開店前などは行列ができる。

満席だったが、ちょうどカウンター席が空いて、念のため彼女に確認した。

「カウンター席でも平気ですか？」

「全然大丈夫です」

彼女の返答を聞くと、すぐにカウンター席に座り、ラーメンを注文する。

「今日はどうでした？」

仕事の様子を尋ねたら、小春はハハッと苦笑いした。

「今日はすごく忙しかったです。特にチェックアウトの時間、団体客が一気に押し寄せてきてバタバタしちゃって、おまけに部屋のトイレのウォシュレットが壊れてるとか、部屋がタバコ臭いとかクレームがたくさん来ちゃって、もうカオス状態でした」

「それは大変でしたね。でも、支配人が前に小春のことを褒めていましたよ。『気配りができるいい子だ』って」

「まだまだ半人前ですけど。寧々さんみたいにスマートになんでもできるようになりたいな。彼女の接客は完璧でしたから」

小春は自己評価が低い。

「小春には小春のよさがありますよ。雰囲気が柔らかくて心が安らぎます。もっと自信を持つといいですよ」

俺が励ますと、彼女は照れ笑いした。

「慶さん、褒めすぎです。あっ、ラーメンきましたよ。美味しそう」

ふたりでいただきますをして食べ始める。

ひと口食べた彼女が、満面の笑みで俺に言う。

「この縮れ麺、私好みです。美味しい」

レストランで高級料理を食べてる時よりも、生き生きとしている。

こういう庶民的な店でも喜ぶんだな。

隣合って食べているせいか、彼女との距離も縮まったような気がする。

お互いスープまで飲み干して食べ終わると、店を出た。

「あ〜、すごく美味しかった」

満足そうな顔の彼女を見ていると、こっちも嬉しくなる。

「喜んでもらえてよかったです。明日は休みですか?」

「ええ。でも、慶さんはお仕事ですよね? 明日も早いんでしょう?」

「いえ、明日は休みを取りました。社長に休みを取るようううるさく言っていたら、『だったら和久井も休みを取れよ』と反撃されましてね」

寧々さまは妊娠中だし、ワーカホリックのボスを見てられなくて言ったのだが、まさか自分に返ってくるとは思わなかった。

「そのやり取り見てみたかったな。社長と仲がいいんですね」

「幼馴染なんですよ。だから、普通の部下なら言えないこともズケズケと言ってしまいます」

たまに弟のように思えることもあったが、鷹臣さまは家庭を持ってから変わった。

心の余裕ができて、かなり落ち着いたように思う。

仕事の判断も冷静で、俺が助言する必要もない。

「寧々さんが慶さんのことを社長の〝懐刀〟って言ってました。それに社長と慶さんは〝ふたりでひとつ〟とも言ってましたよ」

「ふたりでひとつというのは、社長と寧々さまの方だと思いますけど」

「確かに」

小春と顔を合わせて微笑み合う。

ホテルの地下駐車場に行って車に乗り込むと、ホテルには泊まらず、自宅マンションに向かった。

「あれ？　慶さん、私のアパートとは方向が違うような……」

亀戸《かめいど》にある小春のアパートに送っていったことは何度かあるが、今日は彼女を家に帰すつもりはなかった。

「ええ。私のマンションに向かっていますから」

俺の言葉を聞いて、彼女は驚きの声をあげる。

「え？　いいんですか？」

これまで自宅に彼女を連れてきたことはなかった。自分のテリトリーに他人を入れることに抵抗があったのだ。だが、彼女はもう俺にとって特別な存在。

「小春も私も明日休みなので、もっと一緒にいたいと思ったんですよ」

俺が自分の気持ちを伝えたら、彼女もハニカミながら「私も一緒にいたいです」と返した。

麻布にある自宅マンションに着くと、駐車場に車を停め、二十階にある部屋に向かう。

「ここ、寧々さんのマンションにすごく近いですね。実は私、男の人の家に伺うのって初めてなんです」

少し緊張気味に言う彼女の背中を軽く押して、家の中に入れた。

「窓からも見えますよ。さあ、上がって」

「お邪魔します」

小春が恐縮した様子で靴を揃えて玄関を上がり、ひと通り家の中を案内する。

「ここがゲストルーム、隣が書斎、奥はリビングルーム……向かい側にトイレとバスルーム、で、最後にここが私の寝室です」

「広いのに、どの部屋もすごく片付いてますね」

物珍しそうに見てそんな感想を口にする彼女。

「あまり物を置かないですから。それに部屋が汚いとストレスというか……イライラするんですよ。テレビのリモコンとかも定位置にないと落ち着かなくて。引きましたか？」

家族には、潔癖症と言われる。

ありのままの自分を知ってもらいたくてそんな話をすると、彼女は俺に温かい眼差しを向けた。

「いいえ。気持ちわかります。弟が片付けが苦手で、私が部屋を綺麗にしてあげても、半日も経たないうちに散らかすんです。もうムカつくというか呆れるというか」

眉間にシワを寄せて彼女が弟のことを話すので、クスッと笑った。

「小春でもムカつくことがあるんですね」

「ありますよ。引きました？」

俺の言葉を引用して悪戯っぽく笑う彼女を見て、愛おしさが込み上げてきた。

「全然。かわいいなって思うよ……」

たまらず小春に顔を近づけてその赤い唇を奪う。もう紳士的に振る舞う余裕なんてなかった。

「んん……！」

くぐもった声をあげる彼女の背中に腕を回し、キスを深める。

久々に味わう彼女の唇はとても甘い。

もっと彼女が欲しい。もっと……。

小春を抱き上げてベッドに運び、彼女の上着を脱がすと、俺もベッドに上がってベッドサイドにあるテーブルにメガネを置く。

自分の服を脱ぎながら再びキスをして、それから彼女のシミひとつない身体に手を這わせた。

「あんっ……」

喘ぐ小春のブラを外してその形のいい胸を揉み上げ、首筋から鎖骨へとキスの雨を降らせる。

「あっ……んん」

感じているのか身悶えする彼女。

なんとも色っぽいその顔を見てますます欲情する。

「俺以外にそんな顔見せちゃダメだよ」

オスの本能剥き出しでそんな注意をしながら、小春の胸の先端をゆっくりと舐め上げる。すると、小春は激しく喘ぎながらシーツを掴んだ。

「ああっ！　そんなこと……しない」

彼女が誰にでも抱かれる女ではないことは、俺がよく知っている。

それでも言わずにはいられないのは、俺が彼女に惚れているから。

独占欲が強いと自分でも思う。

もう鷹臣さまに『寧々さまに対して独占欲強すぎですよ』などと言って笑えない。

俺も出会ってしまった。

心から愛せる女性に――。

「小春、好きだよ」

身体を重ねて告げると、彼女も俺の背中に腕を回して激しく乱れながら「私も」と返す。

互いの吐息、身体の熱、すべてが合わさってひとつになる。

その夜は、お互い疲れ果てるまで愛し合った。


次の朝目覚めると、小春が俺の胸に身を預けて眠っていて、その無邪気な寝顔を見て幸せな気持ちになった。

「まるで天使だな」

夜とはまた全然違う彼女の顔。

ホテルで愛し合った次の朝は、仕事もあってこんなにじっくり寝顔を見ている余裕がなかった。

チュッとキスをしたら彼女が目を開けたので、にっこり笑って挨拶する。

「おはよう」

「お、おはようございます」

ビックリした顔で反射的に挨拶を返す彼女を見て、クスッと笑いながら起き上がった。

「昨日あんなに愛し合ったのに、敬語で挨拶なんてひどいな」

「だって……目の前に慶さんの顔があったから。でも……慶さんだってなんかいつもと言葉遣いが……違う」

激しく狼狽えながら言い訳する彼女の頬に手を添え、ゆっくりと微笑む。

「もう小春の前では素でいいかと思ってね」

ずっと自分を律していたような気がする。だから、彼女も俺に遠慮していたのかもしれない。

「その方が嬉しい。で、でも……目の前に慶さんの顔があるのは心臓に悪いです。だって、こんな秀麗な顔が目の前にあるんですよ。しかもメガネかけてないし」

あたふたしながら訴える小春が面白い。

「メガネかけてる方が好き？」

ふと気になって聞いたら、彼女はカーッと顔を赤くして小声で答えた。

「いえ、あの……どっちも好きです」

「俺も今顔を真っ赤にしてる小春も、俺の腕の中で乱れる小春もどっちも好きだよ」

小春をからかったら、彼女は両手で顔を隠した。

「あ〜、恥ずかしいから言わないでください」

「そんな反応されるともっと言いたくなる」

小春の手を掴んで彼女の顔から剥がし、目を合わせる。

「うっ、慶さんて意地悪ですね」

「好きな子限定だから、許して」

「慶さん、ズルい」

上目遣いで俺を見る彼女は、自分がどれだけ魅力的か気づいていない。

「そんな顔されると、また抱きたくなるんだけど」

すごくそそられて触れたくなる。

フッと笑みを浮かべてそんな発言をすれば、彼女はギョッとした顔をした。

「そ、それは無理です」

昨夜あれだけ抱いたのだから、相当疲れているだろう。

「冗談だよ。ねえ、小春」

少し真剣な面持ちで名前を呼んだら、彼女が上体を起こして返事をした。

「はい。なんでしょう?」

「今日からここで一緒に暮らさないか？」

一応彼女に確認しておく。『うん』という返事以外受け付けないけどね。

「ここで？　あの……慶さんは困りませんか？」

戸惑った顔をする彼女に優しく言った。

「困るようなら提案なんかしない。俺と一緒に住むの嫌？」

「嫌じゃありません！　でも、……初めてのことで驚いてしまって」

小春がすぐに否定したので嬉しくなる。

「うん。わかるよ。でも、何事にも初めてはある。俺は結婚前提のお付き合いをしたいし、家族に反対される心配があるなら、俺がきちんと挨拶するから」

小春の親が難色を示しても説得する自信はある。

「慶さん……本当に私でいいんですか？　慶さんなら私なんかよりもっと相応しい女性が……！」

彼女の唇に指を当てて黙らせる。それ以上聞きたくなかった。

「俺が小春がいいって言ってるんだ。小春がもらってくれないと、俺一生独身なんだけど」

彼女に会わなかったから今まで独身だったのだ。そこのところをちゃんと理解してもらいたい。

「本当に私でいいんですね？　後でいらないって言っても、離してあげませんよ」

小春の言葉を聞いて顔が綻んだ。

「大丈夫。小春に飽きるなんて絶対にないから」

「……慶さん。よろしくお願いします」

少し涙ぐみながらペコリと頭を下げる小春をこの胸に抱きしめ、彼女の耳元で囁いた。

「こちらこそよろしく。一生離さないから覚悟するように」

The end.

あとがき

こんにちは、滝井みらんです。このたびは、『離婚前夜、怜悧な御曹司は契約妻を激愛で貫く』をお手に取ってくださり、どうもありがとうございます。最後までお楽しみいただけたら嬉しいです。

さて、今日は成宮鷹臣さんと和久井慶さんに来てもらったんですよ〜。

鷹臣　成宮鷹臣です。こんにちは。

慶　和久井慶です。私は仕事があるので失礼させていただきたいのですが。

鷹臣　ダメに決まってるだろ？　今日はお前を尋問するために、ここに呼んだんだよ。

慶　尋問ですか？　私はなにも悪いことはしてませんよ。

鷹臣　しらばっくれるな。お前、恋人がいることを俺にずっと隠してただろ？

慶　別に隠していません。プライベートなことなので、報告しなかっただけです。

鷹臣　そういうことは言えよな。ところで、真剣交際なんだろうな？　寧々の友人なんだから、遊びで付き合うなよ。お前、結構女たらしだから心配だ。

慶　ひどい言われようですね。心配しなくても、結婚を考えてお付き合いしてますよ。
鷹臣　へえ、お前が結婚考えてるとはね。ずっと独身でいるかと思ってた。
慶　いつもラブラブな鷹臣さまと寧々さまを見てたら、考えも変わります。
鷹臣　で、いつ結婚するつもりだ？　籍だけ入れて終わりにするなよ。
慶　気が早いですね。まあ、食事会くらいはするつもりですが。彼女もこだわりはないようですし、鷹臣さまのそばを長く離れるのは……。
鷹臣　ダメだ。ちゃんと式を挙げて、新婚旅行にも行くこと。俺はもう新米社長じゃない。一、二週間お前がいなくたって大丈夫だ。
慶　鷹臣さま、成長されましたね。
鷹臣　……しみじみと言うなよ。
え〜、最後になりましたが、相変わらず絶不調な私を支えてくださった編集部の鶴嶋さま、妹尾さま、また、とっても素敵なイラストを描いてくださった一花夜先生、厚く御礼申し上げます。そして、いつも応援してくださる読者の皆さま、心より感謝しております。
このご縁がこれからも続きますように！

滝井《たきい》みらん

滝井みらん先生への
ファンレターのあて先

〒104-0031
東京都中央区京橋1-3-1
八重洲口大栄ビル7F
スターツ出版株式会社　書籍編集部　気付

滝井みらん先生

本書へのご意見をお聞かせください

お買い上げいただき、ありがとうございます。
今後の編集の参考にさせていただきますので、
アンケートにお答えいただければ幸いです。

下記URLまたはQRコードから
アンケートページへお入りください。
https://www.berrys-cafe.jp/static/etc/bb

離婚前夜、怜悧な御曹司は契約妻を激愛で貫く

2022年6月10日　初版第1刷発行

著　者　滝井みらん
©Milan Takii 2022

発行人　菊地修一

デザイン　カバー　ナルティス
フォーマット　hive & co.,ltd.

校　正　株式会社 文字工房燦光

編集協力　妹尾香雪

編　集　鶴嶋里紗

発行所　スターツ出版株式会社
〒104-0031
東京都中央区京橋1-3-1　八重洲口大栄ビル7F
TEL　出版マーケティンググループ　03-6202-0386
(ご注文等に関するお問い合わせ)
URL　https://starts-pub.jp/

印刷所　大日本印刷株式会社

Printed in Japan

乱丁・落丁などの不良品はお取替えいたします。
上記出版マーケティンググループまでお問い合わせください。
定価はカバーに記載されています。

ISBN 978-4-8137-1278-7　C0193

ベリーズ文庫 2022年6月発売

『天敵弁護士は臆病なかりそめ妻を愛し尽くす』 高田《たかだ》ちさき・著

大手国際法律事務所で働く純菜は、エース弁護士である鮫島のアシスタントをしている。いつもからかってくる彼に振り回されていて、苦手意識があった。ところが、あることをきっかけに契約結婚を提案され、戸惑うも互いの利害の一致から結婚することに！　仮初関係のはずが、彼から溺愛を注がれて…!?

ISBN 978-4-8137-1274-9／定価715円（本体650円＋税10%）

『身を引くはずが、敏腕ドクターはママと双子に溢れる愛を注ぎ込む』 未《み》華《はな》空《そら》央《お》・著

看護助手の菜々恵は酔っ払いに絡まれたところを、同じ病院で働く心臓外科医・水瀬に助けられる。それがきっかけで彼と急接近し、熱い一夜を過ごすと…なんと双子を懐妊！　でも水瀬には婚約者がいるとわかり、一人で育てることを決意する。ところが、彼は姿を消した菜々恵を探し出し、激愛を溢れさせて…!?

ISBN 978-4-8137-1275-6／定価726円（本体660円＋税10%）

『エリート脳外科医の独占愛に、今夜も私は抗えない』 紅《くれない》カオル・著

大病院の令嬢であることを隠して都内で働く楓は、近々実家に帰り政略結婚する予定。しかしある夜、楓は敏腕脳外科医で御曹司の雅史と体を重ねてしまう。一夜の過ちと思う彼女に対し、雅史は独占欲全開で激愛を注いでくる。一方雅史にも縁談が舞い込み、結ばれない運命のふたりは引き裂かれ…!?

ISBN 978-4-8137-1276-3／定価715円（本体650円＋税10%）

『赤ちゃんを授かったら、一途な御曹司に執着溺愛されました』 pinori《ぴのり》・著

ホテル御曹司の匡と結婚した平凡女子の美織。密かに彼に憧れていたが、親が決めた結婚で愛はなく、肌は重ねられても心は重ねられないと寂しく思う。しかも、彼には他に好きな人がいて…!?　そんな折、美織の妊娠が発覚！「お前を離さない」――溢れる溺愛に、身も心もとろけてしまい…。

ISBN 978-4-8137-1277-0／定価726円（本体660円＋税10%）

『離婚前夜、怜悧な御曹司は契約妻を激愛で貫く』 滝井《たきい》みらん・著

18歳だった寧々は、父の作った借金を返すため歩道橋から身投げしようとしていた。危ないところを助けてくれた御曹司・鷹臣から提案されたのは、借金返済の代わりに5年間彼の契約妻になることで!?　婚姻後は一切顔を合わせずにいたのに、離婚予定日を前に彼と情熱的な一夜を共にしてしまい…。

ISBN 978-4-8137-1278-7／定価726円（本体660円＋税10%）